KB123974

로크미디어가
유혹하는
재미있는 세상
ROK
MEDIA
로크미디어

사령왕 카르나크

사령왕 카르나크 2

2023년 7월 18일 초판 1쇄 인쇄
2023년 7월 21일 초판 1쇄 발행

지은이 임경배
발행인 강준규

기획 이기헌 왕소현 임동관 박경무 강민구 조익현
책임편집 백승미
마케팅지원 이원선

발행처 (주)로크미디어
출판등록 2003년 3월 24일
주소 서울시 마포구 마포대로 45 일진빌딩 6층
Tel (02)3273-5135 **Fax** (02)3273-5134
홈페이지 rokmedia.com **E-mail** rokmedia@empas.com

값 9,000원

ISBN 979-11-408-1402-2 (2권)
ISBN 979-11-408-1400-8 04810 (세트)

사령왕 카르나크

2

임경배 판타지 장편소설

CONTENTS

모범적인 사령술사

알리우스는 데라트 시티에 위치한 대지의 교단 유스틸 북구 교구 소속 신관이었다.

“부끄럽게도 1급 심문관의 위계를 지니고 있습니다.”

카르나크가 고개를 갸웃거렸다.

“1급 심문관이시라고요?”

“예, 심문관이라 함은…….”

“아니, 심문관에 대해서는 알고 있습니다.”

대대로 7여신교는 사령술의 흔적이 발견되었을 때마다 노련한 성직자를 파견해 진위를 살피곤 했다. 이때 내리는 직위가 바로 ‘심문관’이었다.

임명된 신관이 사건의 진위를 파악한 뒤 여신의 이름으로 심판하고 다시 기존의 직위로 돌아가는 것이다.

즉, 원래는 임시직이다.

"심문관에 위계가 있다는 소릴 들은 적이 없어서 말입니다."

위계가 있다는 건 정식 직위라는 소리가 되는데, 심문관이 항상 필요할 정도로 사령술사가 사방에 널려 있다면 사람 살 세상이 아니지 않은가?

알리우스가 씁쓸한 표정을 지었다.

"그런 세상이 와 버렸다는 것이 문제지요."

종말의 어둠 관련 사건이 너무 많아져 예전처럼 임시로 파견하기엔 인력이 부족해졌다. 그래서 요새는 아예 전문 심문관을 따로 양성한다고 했다.

"전 막 1급의 위계를 받았습니다. 얼마 전까지 2급이었지요."

카르나크는 감탄을 흘렸다.

원래 신관의 위계란 건 저리 쉽게 오르는 것이 아니다.

"젊은 나이에 대단하시군요."

계면쩍은 듯 알리우스가 뒷머리를 긁었다.

"워낙 사건이 많습니다. 심문관으로 일하면 싫어도 경력을 쌓게 되지요."

확실히 그는 꽤나 유능한 편에 속하는 듯했다.

그 역시 카르나크와 같은 이유로 겔파 마을의 수상함을 느꼈다고 하니.

"그 정도로 능력 있는 사내가 이런 시골 마을을 노린다는 건 역시 좀 이상하지요."

이야기를 듣던 바로스가 문득 물었다.

"그런데 신관님 혼자 오신 겁니까? 사령술사가 정말 저 마을에 있다면 위험하실 텐데요."

당연히 교단의 병력을 대동해야 하지 않냐는 질문이었다.

알리우스가 고개를 저었다.

"아쉽지만 현재 교단은 확실한 증거 없이는 움직이지 않습니다."

"증거요? 심문관이 확인했다면 그걸로 충분한 것 아닙니까?"

"예전에는 그랬습니다만……."

한숨을 내쉰 뒤 그는 힘없이 대꾸했다.

"실은 교단에선 이 역시 헛소문이라 여기고 있습니다."

"어째서요? 충분히 수상한 상황 아닙니까?"

미처 못 알아챘다면 모를까, 알리우스가 이미 허점을 짚었는데도 헛소문이라 치부하는 건 이해가 가지 않는다.

그런데 요새는 그럴 수도 있는 모양이었다.

"실은 얼마 전에도 비슷한 일이 있었거든요. 물론 그건 사령술과 아무 상관이 없었고요."

"……젊고 돈 많고 친절하며 잘생기기까지 한 놈이 고작 시골 처녀 꽁무니나 따라다니는 상황이 흔하다고요?"

도무지 이해가 안 간다는 바로스의 말에 알리우스는 한숨을 쉬었다.

"그러니까 상대적인 문제인 겁니다."

돈이 많다는 건 대체 어느 선부터 돈이 많다는 걸까?

잘생겼다는 건 대체 어느 선부터 잘생긴 거고?

친절하다는 것은?

사실 나이 하나 빼곤 숫자로 딱 떨어지는 사항들이 아닌 것이다.

심지어 '젊다'의 기준조차도 상대적이다. 70~80살의 노인만 가득한 마을에서 50대는 젊은이 취급을 받는 법이지.

카르나크와 바로스는 저 능력 좋은 남자를 '금화를 펑펑 쓰는 기생오라비 뺨치게 생긴 귀족가 공자'쯤으로 치부하고 시골 처녀 꼬드기는 게 이상하다고 생각했지만…….

"적당히 모은 돈 좀 있고 피부가 햇볕에 덜 그을리기만 해도, 시골 기준에선 돈 많고 잘생긴 축에 낄 수 있지요."

"아, 그런 경우라면 시골 처녀 노리는 것도 딱히 이상한 일은 아니군요."

"그러니까 말입니다. 예전 같으면 흔히 있을 법한 사건 사고조차도 지금은 종말의 어둠 탓이 되어 가고 있습니다."

덕분에 워낙 가짜 정보가 범람해서 어지간히 확실하지 않은 이상 교단도 함부로 움직일 수 없다. 인력에 한계가 있으

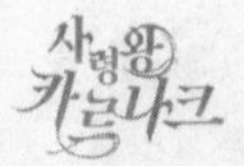

니까.

“저 역시 이 마을에 사령술사가 있다고 확신하는 건 아닙니다. 그저 수상한 부분을 확인도 하지 않고 무시하고 싶지 않을 뿐이지요.”

바로스가 어이없어하며 카르나크에게 마법 전언을 걸었다.

[이거, 우리도 허탕 칠 뻔한 거였네요?]

[그러게 말이다. 이번엔 어쩌다 운이 좋아 얻어걸린 거였잖아?]

역시 모험가들 따윈 멍청하다고 비웃으며 자신만만하게 여기까지 왔는데, 알고 보니 그게 아니었다.

‘나 참, 예전 생각만 하고 함부로 움직일 수도 없겠군.’

하여튼 저 마을에 사령술사가 정말 존재한다는 것은 사실이다.

“그럼 신관님께선 증거를 찾아 교단으로 돌아가시는 겁니까?”

카르나크의 질문에 알리우스가 쑥스러워했다.

“실은 저 혼자서 처리할 생각이었습니다.”

단순히 젊은이의 만용만은 아니었다.

그의 신성력은 상당한 수준이다. 당장 그의 접근을 느끼고 카르나크가 흠칫 놀라지 않았던가?

신성력만 보면 제스트라드 영지를 찾았던 라티엘의 신관

들을 다 합쳐도 알리우스의 절반이 채 안 될 정도다.

'역시 1급의 위계. 어지간한 수준의 사령술사라면 정말로 단독으로 해치울 수도 있겠어.'

그럼에도 두 사람을 보고 반색한 것은, 역시 동료가 있다면 신성 주문을 훨씬 효율적으로 사용할 수 있기 때문일 터.

"두 분 모두 상당한 실력자이신 듯하니……."

사실 알리우스가 진짜 원하는 쪽은 바로스였다.

카르나크야 나이도 젊고 마법사라 그냥 보기만 해서는 어느 정도 실력자인지 알 수가 없다.

하지만 바로스는 다르다.

거구의 잘 단련된 육체, 오랫동안 사용한 흔적이 있는 검과 갑옷. 저런 몸을 지니고 저런 장비를 걸친 자는 절대 약할 수 없다.

그가 진지하게 청했다.

"도와주시면 큰 힘이 될 겁니다."

알리우스가 답변을 기다리는 동안, 바로스가 몰래 물었다.

[어쩌실 겁니까, 도련님?]

[어쩌긴? 신관 앞에서 사령술을 쓸 순 없잖아. 적당히 핑계를 대서 일단 헤어진 다음 우리끼리 처리해야…….]

대꾸하다 말고 뭔가 떠올랐는지 카르나크가 말을 바꿨다.

[아니다. 같이 움직이자.]

[엥? 그래도 돼요?]

[마침 좋은 기회야. 이참에 확인해 볼 게 있어.]

알리우스를 돌아보며 카르나크가 진지하게 말했다.

"대강 상황은 이해했습니다. 저희 역시 여신의 아이들, 미약하나마 성무를 돕는 것이 의무겠지요."

기뻐하며 알리우스가 성호를 그었다.

"도움에 감사드립니다. 일곱 여신의 축복이 두 분께 깃들기를."

바로스는 여전히 찜찜해했다.

[정말 괜찮은 겁니까? 이러다 사령술 써야 할 상황 오면요?]

[쓸 땐 쓰는 거지. 내가 사람들 몰래 사령술 쓴 게 뭐 한두 번이냐?]

[그때마다 결과가 좋지 않았으니까 그러죠.]

말이 몰래지, 그냥 대놓고 사령술 쓴 다음 정신 조작으로 기억 지우는 게 왕년 카르나크의 주요 수법이었다.

[기억 지워진 사람들, 죄다 악몽 꾸면서 비실비실 앓다가 미쳐 버렸잖아요. 이번에도 그러시려고요?]

[좀 그런가?]

[그렇죠. 우리 이제 사람답게 살기로 했잖아요?]

참고로 이들이 말하는 '사람답게 산다'의 기준은 딱히 도덕과 윤리를 지키며 선하게 산다가 아니다.

정확히는 저렇게 살고 싶긴 한데 그게 뭔지 잘 모른다는 쪽에 가깝다.

그래서 카르나크와 바로스가 정한 기준은 이거였다.

–예전처럼 살지 않는다.

[저 신관은 좋은 사람입니다.]

성격이 좀 급하고 멋대로 단정 짓는 습관이 있긴 하지만 기본적으로 성실하고 선량한 인간이다.

남들 다 무시하는 상황인데도 일부러 발품을 팔아 이 마을까지 온 것만 봐도 알 수 있다.

[좋은 사람을 정신병자로 만드는 건 예전처럼 사는 것 같은데요?]

[맞는 말이야.]

동의하며 카르나크는 선한 해결 방법을 찾아 고민했다.

[가만있자, 정신에 지장을 안 주면서 기억을 지우려면 어떻게 해야 하나?]

[……정신 조작을 안 한다는 선택지는 없는 겁니까? 정말 도련님은 전형적인 사령술사시네요.]

[사령술 말고 혼돈마법으로 지울 거야.]

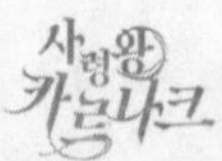

[그런 방법도 있습니까?]

[혼돈마력을 가늘게 침처럼 늘려서 뇌의 기억 중추 일부를 태워 버리면 가능할 것도 같은데.]

[…….]

[왜? 내가 뭐 말 잘못했냐?]

[아니, 역시 도련님은 모범적인 사령술사구나 싶어서요.]

[사령술 안 쓴다니까! 왜 자꾸 사령술사 타령이야?]

마법 전언으로 오간 대화라, 겉으로 보기엔 두 사람 모두 입을 꾹 다문 걸로만 보일 뿐이다.

그 표정을 달리 해석했는지 알리우스가 온화한 어조로 말했다.

"너무 긴장하실 필요는 없습니다. 저 마을에 사령술사가 있다고 확인된 것도 아니니까요. 그리고 설령 있다 해도……."

떡갈나무 지팡이를 꾹 쥔 채 성스러운 표정을 짓는다.

"제게는 하토바의 가호가 있으니 사악한 사령술사 따윈 상대가 되지 않습니다!"

바로스는 알리우스를 빤히 바라보았다.

'지금 그 사악한 사령술사가 댁 대가리를 노리고 있다고.'

하지만 이걸 입 밖으로 꺼낼 수는 없지.

그저 온화한 미소를 지으며 고개를 끄덕일 뿐이었다.

"참으로 든든하군요. 잘 부탁드립니다."

겔파 마을은 한산했다. 주민들 대부분 밭에 갔는지 몇몇 아낙들과 아이들만 간혹 눈에 띌 뿐이었다.

카르나크 일행을 본 주민들이 힐끔거리며 지나쳤다. 웬일로 외지인이 이 마을에 왔냐는 표정이었다.

"눈치를 보아하니 여관 같은 건 기대할 수 없겠군요."

여관이 있을 정도로 외지인이 자주 오가는 마을이면 저런 반응일 리가 없었다.

말고삐를 쥐고 걸으며 바로스가 주위를 두리번거렸다.

"말을 맡기고 짐을 풀 장소가 필요한데……."

여관이 없는 마을에서 묵을 장소를 찾으려면 촌장집이나 지역 교회로 가는 것이 여행자의 관례다.

"이 정도 마을이면 작은 교회 하나 정돈 있겠죠?"

카르나크가 고개를 저었다.

"없을걸."

"왜 그렇게 생각하시는데요?"

알리우스가 대신 대답했다.

"이 마을에 교회가 있었으면, 그 농부가 굳이 데라트 시티까지 찾아왔겠어요?"

"그렇군요. 전 무식한 칼잡이라 거기까진 생각이 안 미쳤습니다."

두 사람의 추리에 감탄하며 바로스가 막 마을 안쪽으로 진입했을 때였다.

정갈하게 지어진 작은 백색 건물이 보였다.

지붕에 푸른색의 성물을 매달고 입구에 바람을 상징하는 문양이 그려진 건물이었다. 바람과 하늘의 여신, 사이샤를 섬기는 교회가 틀림없었다.

바로스가 멍하니 중얼거렸다.

"있는데요, 교회?"

잘난 척 추리하더니 바로 틀린 두 사람이 딴청을 피웠다.

"어, 있네?"

"……그 양반은 그럼 왜 데라트 시티까지 온 걸까요?"

피식 웃으며 바로스는 걸음을 옮겼다.

"어쨌든 잘됐네요. 저기서 신세 좀 져야지."

교회는 워낙 작아 신관도 단둘뿐이었다. 40대 중반의 마을 교회장과 30대로 보이는 수녀였는데, 꽤나 반갑게 일행을 맞이했다.

"바람의 교회에 어서 오십시오, 대지의 형제여."

말을 맡기고 짐을 푼 뒤 용건을 전했다.

사정을 들은 교회장, 그라스 신관이 고개를 절레절레 저었다.

"쯧쯧, 그 친구가 거기까지 갔습니까?"

듣자 하니 이미 이곳에서도 한바탕 난리를 친 후라고 한다.

이들이 자기 말을 믿어 주질 않자 굳이 데라트 시티까지 온 것이다.

"클레오 씨는 성실하고 좋은 분입니다. 마을에 많은 도움이 되고 있어 모두가 그를 좋아하지요. 사령술 따위와는 전혀 무관하다고 확신할 수 있습니다."

교회 뒤뜰에 말을 묶고 온 줄리아 수녀도 온화하게 웃으며 말을 이었다.

"실제로 두어 달 전에도 다른 사제 한 분이 찾아오셨지만 그냥 돌아가셨거든요."

두 사람 모두 저 정체불명의 능력남, 클레오에 대해 눈곱만큼도 수상함을 느끼지 못하고 있었다.

"먼 길을 오셨는데 허탕을 치시게 되어 아쉽네요."

알리우스가 빙그레 웃었다.

"괜찮습니다. 제 직무상 허탕을 치는 쪽이 사실은 좋은 일이거든요."

"어머나, 전에 오신 분도 같은 말씀을 하셨는데."

데라트 시티로 돌아가기엔 시간이 좀 늦어 교회에서 하루를 묵기로 했다.

이들에게 손님용 작은 방을 안내한 뒤 줄리아 수녀가 상냥하게 말했다.

"누추하지만 편히 쉬세요."

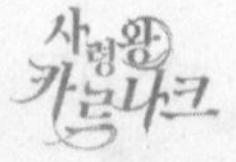

자신들만 남게 되자 카르나크가 물었다.

"이제 어찌하실 겁니까, 신관님?"

잠시 생각에 잠기더니 알리우스가 입을 열었다.

"오는 도중에 마을 곳곳에서 신성 탐색을 걸어 보았습니다만, 딱히 수상한 점은 찾지 못했습니다."

"역시 헛소문이었다는 뜻인가요?"

"꼭 그런 건 아닙니다. 사령술사는 정체를 감추는 데 능하지요. 제가 알아차리지 못했다 해서 존재하지 않는다 할 순 없습니다."

바로스도 이야기에 끼어들었다.

"그럼 좀 더 상황을 살펴봐야겠군요. 오다 보니 주민들이 모이는 술집이 있던데요."

지역 주민을 통해 상황을 파악하려면 제일 만만한 곳이 술집이다.

술 좀 들어간 인간은 있는 말, 없는 말 죄다 하기 마련이니까.

바로스의 경우엔 입맛을 다시는 폼이, 그냥 술 먹고 싶어서 저러는 것 같지만.

알리우스는 고개를 저었다.

"별 의미는 없을 겁니다."

그라스 신관과 줄리아 수녀의 태도를 보면 클레오란 자가 마을 주민들의 신뢰를 받고 있다는 것은 명백했다.

"다른 마을 사람들도 크게 다르진 않겠지요. 탐문을 해 봐야 뭔가가 나올 것 같진 않습니다."

술 못 먹게 된 바로스가 시무룩해진 사이, 카르나크가 대신 질문했다.

"그럼 어쩌실 생각입니까?"

창밖을 내다보며 알리우스는 안색을 굳혔다.

"직접 확인해 봐야겠지요."

그의 시선은 마을 서쪽, 옛 귀족의 별장이 위치해 있다는 우거진 숲으로 향해 있었다.

카르나크는 떨떠름한 표정을 지었다.

'사령술사를 직접 찾아가겠다고? 그래서 뭘 어쩌려고?'

정면으로 부딪쳐 봐야 상황은 뻔하다.

–안녕하세요, 혹시 사령술사세요?

–아닌데요.

–아이쿠, 오해했군요. 안녕히 계세요.

이럴 순 없지 않은가?

과연 알리우스도 그 정도로 생각이 없지는 않았다.

"물론 대놓고 심문하겠다는 소리는 아닙니다. 심문관에겐 심문관만의 방법이 있지요."

카르나크가 눈을 빛냈다.

'호오, 내가 모르는 사령술 탐색용 신성 주문이라도 개발된 건가?'

그럴 수도 있겠다.

필요는 창조의 어머니인 법, 전생 때는 지금처럼 사령술사가 우후죽순으로 창궐하지 않았으니까.

"그렇다면 해가 지기 전에 바로 움직여야겠군요."

막 몸을 일으키려는 그를 알리우스가 제지했다.

"완전히 밤이 된 뒤에 움직일 겁니다. 지금은 쉬시죠."

"……그래도 되는 겁니까?"

태양 빛은 어둠의 위세를 크게 약화시키는 법, 그렇기에 사령술사는 깊은 밤일수록 진정한 힘을 발휘한다.

그런데도 굳이 해가 완전히 저문 뒤 상대를 찾겠다고?

"밤이 깊은 쪽이 진짜 사령술사인지 아닌지 판별하기 더 쉽거든요. 곧 알게 되실 겁니다."

말을 마친 알리우스가 침대로 향했다.

"그럼 전 잠시 눈을 좀 붙이겠습니다. 밤을 대비해야 하니까요."

단순히 졸려서가 아니라, 최대한 휴식을 취하며 신성력을 채우려는 것이었다.

정말 사령술사와 한바탕해야 한다면 성직자로서 응당 취해야 할 태도였다.

카르나크와 바로스도 각자의 침대에 몸을 뉘었다.

천장을 바라본 채 바로스가 마법 전언으로 물었다.

[실제론 어떤 상황이에요, 도련님?]

[두 사람 모두 정신이 조작되어 있더라.]

알리우스와 달리, 카르나크에겐 그라스 신관과 줄리아 수녀의 상태가 정확히 보인다.

[미간이 칙칙해. 사령술에 걸려 있단 의미지. 워낙 희미해서 알리우스 저 친구는 알아차리지 못했겠지만.]

[꽤나 강한 사령술사인가 보네요. 원래 성직자는 정신 조작이 힘들지 않던가요?]

[그렇다기보단, 둘 다 워낙 신성력이 낮잖아.]

사실 성직자라 하기도 애매한 수준이긴 했다.

[그러니까 이런 시골 마을에 부임해 있는 거겠지만.]

성직자들뿐만 아니라 마을 전체가 미약한 현혹술에 걸려 있는 상태였다. 오면서 이미 전부 확인했다.

[삼류치곤 쓸 만한 사령술사다. 대충 나 20대 중반 때 수준은 되겠던데? 워낙 잘 숨었으니 어지간해선 걸리지 않을 거야.]

하지만 전생 때는 심문관처럼 사령술만 전담하는 성직자가 따로 없었다. 그래서 약했던 당시에도 어떻게든 숨고 도

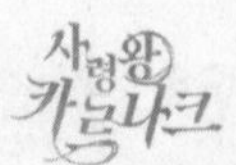

망치며 살아남을 수 있었다.

깊이 잠든 알리우스를 힐끔거리며 카르나크는 미소를 지었다.

'역시 함께 움직이길 잘했군. 이 시대의 성직자에 대해 확인할 수 있으니.'

이후 세 사람은 해가 저물 때까지 푹 잤다. 그리고 줄리아 수녀가 차려 준 저녁을 든든히 먹었다.

작은 마을 교회다운 소박한 식사였지만 기력을 회복하기엔 충분했다.

여기서 카르나크는 식대의 몇 배나 되는 기부금을 내밀어 그라스 신관을 행복하게 했다.

그렇게 식사를 마친 뒤, 밤이 깊었으니 잠이나 마저 자겠다며 세 사람은 도로 방으로 돌아왔다.

조금 더 시간이 흘렀다.

바깥 눈치를 보던 알리우스가 말했다.

"슬슬 두 분도 잠자리에 들 시간이겠군요. 움직입시다."

그라스 신관과 줄리아 수녀 몰래 교회를 빠져나가자는 소리였다. 사령술사로 의심되는 클레오를 찾아가려는 것이다.

"굳이 비밀로 할 필요가 있습니까?"

카르나크의 의문에 알리우스가 진지하게 답했다.

"혹여 저들이 사령술사에게 현혹당해 있을 경우를 대비해서입니다. 그럼 이쪽의 움직임이 알려질 수도 있으니까요."

"그럼 처음부터 사제인 걸 숨기시는 게 좋지 않았을지……."

"그러는 경우도 있습니다."

실제로 어느 정도 유동 인구가 있는 경우엔 그렇게 한다고 한다.

"하지만 이 마을은 외지인이 오는 일이 거의 없지요. 정체불명의 외지인이 나타나는 것보단 확실하게 정체를 드러내는 쪽이 차라리 낫습니다."

이미 많은 사제들이 대륙 곳곳을 누비며 사령술사에 대한 탐색을 이어 가는 상황이었다.

줄리아 수녀도 말하지 않았던가? 몇 달 전에도 다른 신관이 왔었다고.

그러니 외지인 신관이 마을에 나타나는 것까지는 그럭저럭 허용 범위다.

하지만 그가 깊은 밤에 갑자기 교회 밖으로 나간다면?

"이건 정말 수상한 일이죠."

"그렇군요, 전 거기까진 생각 못 했습니다."

카르나크는 솔직히 감탄했다.

그와 달리 알리우스는 저들에게서 아무런 수상한 점을 발견하지 못했다. 그럼에도 최악의 상황까지 염두에 두고 대응

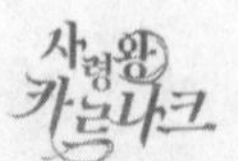

하는 것이다.

쑥스러워하며 알리우스가 대꾸했다.

“정식 심문관이라면 당연히 받는 교육입니다.”

확실히 세상이 달라졌다. 예전과 달리 사령술사에 대한 대응책이 7여신교 내에서 체계화되어 있는 것이다.

채비를 마친 알리우스는 다시 짐을 뒤졌다.

허름한 로브를 꺼내 사제복 위에 걸쳐 입더니 마찬가지로 허름한 망토 두 벌과 복면 3개를 챙긴다.

“예비용 망토가 있어 다행이네요.”

이를 일행 앞에 늘어놓으며 그가 입을 열었다.

“그럼 계획을 설명하겠습니다.”

달빛이 창 너머로 흐릿하게 비친다.

창밖의 어두운 숲을 바라보며 클레오는 웃었다.

‘슬슬 결실을 맺을 시기가 다가오는군.’

창문에 비친 그는 40대 후반의 평범한 중년남이었다.

마을 사람들의 평가와 달리 젊지도, 잘생기지도 않은 얼굴이다.

하지만 상관없었다. 마을 사람들은 다르게 인식하고 있을 테니까.

인간의 정신이란 이 얼마나 허술하단 말인가?

'어리석은 것들, 후후후.'

방에선 한창 하녀 1명이 침상을 정리 중이었다.

사실 진짜 귀족가의 하녀라면 이렇게 잘 시간이 닥쳐서야 침실을 정리하지 않는다. 주인의 눈에 띄기 전에 모든 일을 처리해 놓는 것이 올바른 예법이다.

그러나 이 소녀는 하녀복만 입었을 뿐 실제론 시골 마을의 평범한 처녀일 뿐이니, 그런 것까지 기대하긴 힘들겠지.

정리를 마친 하녀를 향해 클레오가 손짓을 했다.

"이만 물러가거라."

"……안녕히 주무세요, 주인님."

공허한 눈빛을 유지한 채 소녀가 방을 나섰다.

그 뒷모습을 보며 그는 잠시 입맛을 다셨다.

'쩝, 이대로 보고만 있자니 참기 힘들군.'

딱히 미색이 고운 편은 아니지만 어쨌건 젊은 처녀다. 확 덮쳐 버리고 싶은 욕망이 느껴질 수밖에 없다.

하지만 클레오는 참았다.

처녀의 영혼은 제물로서의 가치가 높으니까.

'여기까지 와서 한순간의 욕망으로 그 가치를 떨어트릴 수는 없지.'

이 마을을 장악하고, 어둠의 힘을 모아 결계를 치고, 제물을 바쳐 악마를 소환할 준비에만 무려 반년이 걸렸다.

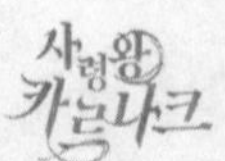

자연스럽게 마을에 녹아들기 위해 버려진 별장을 구입하고 수선하는 데 든 금액도 적지 않았다.

'후후후, 이제 곧이다.'

조만간 손에 넣을 강대한 힘을 꿈꾸며 막 침대에 누우려던 참이었다.

별장 전역에 펼쳐 놓은 탐지 결계에 뭔가가 걸렸다.

'……침입자?'

클레오는 흠칫 놀라 정신을 집중했다.

'설마 여신의 개인가?'

안 그래도 마을에 성직자 1명이 들어온 걸 전달받고 찜찜하던 참이었다.

하지만 딱히 드문 일도 아니고, 또 교회에 들어간 뒤 더 이상의 움직임이 없어 내심 안심하고 있었는데…….

'어쨌든 침입자들이 있으니 이러고 있을 수만은 없지.'

클레오는 허겁지겁 검을 챙겼다.

방을 나서니 복면으로 얼굴을 가린 사내 3명이 복도 가운데 서 있었다.

'복면이라고?'

성직자라면 얼굴을 가릴 이유가 없다. 게다가 허름한 로브와 망토를 걸치고 있어 옷차림으로 정체를 파악하기도 힘들다.

의아해하면서 클레오는 검을 겨눴다.

"네놈들, 뭐 하는 놈들이냐?"

허름한 로브 차림의 사내가 건들거리며 앞으로 나섰다.

"어이, 형씨, 소문이 아주 파다해. 어디서 부잣집 도련님이 돈을 물처럼 펑펑 쓰신다고 말이지."

한 손에 단검을 들고 가볍게 빙빙 돌리며 비열한 목소리를 이어 간다.

"그래서 우리도 남는 돈 좀 나눠 받을까 하고 이렇게 찾아왔거든?"

클레오의 표정이 기묘해졌다.

전혀 예상 못 한 상황이었다.

'……뭐야? 그냥 강도들?'

그런데 생각해 보니 별로 이상할 것도 없었다.

돈 많다는 소문이 퍼지면 오히려 이런 일이 더 일어나기 쉬운 법이지.

어이가 없어 클레오는 실소를 흘렸다.

"큭, 크크크큭……."

"어쭈, 지금 웃음이 나와?"

젊은 강도가 인상을 쓰며 단검을 찌르는 시늉을 한다.

"이거 아무래도 칼침 좀 맞아 봐야 정신을 차리겠는데?"

가소롭다.

참으로 하찮고 가소롭기 그지없다.

클레오의 눈동자가 변했다. 오만한 목소리가 나직하게 깔렸다.

"흥, 제물로도 못 쓸 버러지들 따위가……."

그의 전신에서 칠흑의 어둠이 솟구쳐 복도를 가득 메웠다.

"감히 내 잠을 망친 죄, 죽음으로 갚도록 하라!"

파아아아앗!

끔찍한 사기가 사방으로 퍼져 나간다.

무릇 살아 있는 자라면 보기만 해도 본능적인 공포에 휩싸여 얼어 버릴 강대한 어둠의 힘이었다.

클레오는 광소를 터트렸다.

"하하하하!"

그리고 이어지는 목소리에 바로 굳었다.

"우와, 진짜 바로 정체 드러내네?"

알리우스의 '계획'은 이런 식이었다.

"강도로 위장한 뒤, 돈 내놓으라고 협박할 겁니다."

"……네?"

당연히 카르나크는 어이없다는 반응이었다.

"사령술사를 특정 짓는 신성 주문을 쓰는 게 아니란 말입니까?"

"그런 주문이 있으면 얼마나 좋겠습니까마는, 없다고 손

놓고 있을 수만은 없으니까요.”

“그래도 그렇지, 교단에서 여신을 섬기는 사제에게 강도질을 시킨다고요?”

알리우스가 멋쩍은 표정을 지었다.

“이건 저만의 수법입니다. 교단에서 권장하는 방식은 아니죠.”

카르나크는 살짝 안심했다.

다행히 7여신교가 그 정도로 막 나가진 않는 모양이었다.

“하지만 이게 의외로 효과가 좋아서 말입니다.”

사령술사는 힘을 얻기 위해 온갖 금기를 범하는 자들이다.

“그런 자들이 깊은 밤에 강도를 만났고, 주위에 보는 눈 하나 없는데…….”

알리우스는 회심의 미소를 지었다.

“자신을 깔보며 위협하는 이들을 상대로 과연 후환을 두려워해 얌전히 달라는 거 다 내주고 항복할까요?”

사방이 검은 사기로 넘실거린다. 살아 있는 존재라면 보는 것만으로 오금이 저릴 죽음의 기운이다.

그 어둠 속에서 붉은 눈동자를 번득이는 사령술사의 모습은 실로 공포 그 자체!

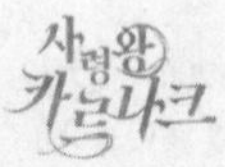

……가 되어야 하는데 어째 반응이 영 아니었다.

허름한 로브의 복면 사내가 어깨를 으쓱인다.

"제가 뭐랬습니까? 이 수법이 여태 안 통한 적이 없다니까요."

마른 체구의 사내가 진지하게 고개를 끄덕인다.

"과연, 인간 심리상 통하지 않기가 더 힘들겠군요."

덩치 큰 사내는 좀 애매하다는 반응이었다.

"그보다는, 이 수법이 통하지 않으면 애초에 정체를 파악할 수도 없는 거 아닙니까? 당연히 전부 통한 것처럼 느껴지는 것 아닌지……."

하여튼, 죽음과 공포의 대명사라는 사령술사를 앞에 두고도 다들 참 여유가 넘치는 모습이었다. 절대 평범한 강도일 리가 없었다.

"네놈들……."

그래서 오히려 클레오는 침착해졌다.

"역시 여신의 개들이었구나."

카르나크와 바로스가 망토를 벗어 던졌다. 감춰 놓았던 장검과 마법사의 완드가 여실히 드러났다.

알리우스도 로브 안에서 떡갈나무 지팡이를 꺼냈다.

"어둠을 섬기는 그릇된 자여……."

지팡이가 찬란한 빛을 뿜으며 어둠을 밀어내기 시작했다.

"여신의 빛 앞에 무릎 꿇을지어다!"

빛과 어둠이 충돌해 굉음을 일군다. 복도와 천장이 흔들리며 먼지가 우수수 떨어진다.

콰콰콰쾅!

요란한 소음 속에서 클레오는 차분히 중얼거렸다.

"그래, 언젠가 이런 날이 올 줄 알았지……."

잠깐 놀라긴 했지만, 큰 문제는 아니다.

상대는 고작해야 신관 하나에 전사 하나, 마법사 하나뿐.

저 정도라면 충분히 감당할 수 있으리라.

"좋다, 여신의 사냥개들아!"

클레오가 양팔을 좌우로 펼쳤다. 어둠의 장막이 사방으로 펼쳐지기 시작했다.

"위대한 죽음의 힘을 보여 주마!"

목소리가 울린다.

"일어나라, 저승의 망자들아……."

복도 바닥 위로 수십 개의 소환진이 그려진다.

"……어둠에 이끌려 그 흉악한 독니를 드러내어라!"

덜그럭거리는 소음과 함께 검은 그림자들이 모습을 드러내기 시작했다.

검과 방패를 든 백골과 반쯤 썩은 시체들. 사령술사의 상징이나 마찬가지인 스켈레톤과 구울이었다.

안식을 방해받은 망자들이 고통에 찬 신음을 토해 냈다.

우우우우…….

아아아아…….

알리우스가 분노해 소리쳤다.

"저주받을 사령술사 같으니! 죽은 자의 안식을 어찌 이토록 더럽힌단 말인가!"

반면 카르나크의 감상은 좀 달랐다.

'참으로 부지런하고 성실한 친구로군.'

모르는 사람들은 사령술사가 손짓만 하면 시체들이 펑펑 일어나는 줄 아는데, 자고로 씨를 뿌려야 싹이 나는 법이다.

지금 클레오가 소환한 언데드는 스켈레톤 20구에 구울 10구.

저 숫자의 촉매를 마련하기 위해 최소한 무덤 30개는 도굴했을 거란 소리다.

[다람쥐 도토리 모으듯 열심히 비축해 놓았나 본데?]

바로스의 감상은 카르나크와도 또 달랐다.

[성실하긴 개뿔, 저놈이 직접 무덤 팠겠어요? 부하 시켰겠지.]

[왜 그렇게 단정 지어? 저놈이 팠을 수도 있잖아.]

[제가 잘 아는 사령술사가 하나 있는데, 죽어도 자기 손발 안 움직이고 시종 시켜서 무덤 파게 하더라고요.]

[그래? 나 말고도 그런 놈이 또 있었나 보네.]

[……역시 도련님은 만만찮네요.]

[응? 뭐가?]

그 와중에도 이들은 착실히 진영을 갖추고 있었다.

바로스가 앞장서 복도를 가로막고 카르나크 역시 양손에 마력을 끌어낸다. 정신을 집중하며 알리우스가 신성 주문을 외운다.

"하토바여, 당신의 종들을 가호하소서!"

성광이 카르나크와 바로스를 감쌌다.

"이제 두 분은 사기에 침범당하지 않을 겁니다."

동시에 바로스의 장검도 백색으로 빛났다. 언데드를 벨 수 있는 권능을 부여한 것이다.

그렇게 여신의 가호를 퍼부은 뒤 알리우스가 한발 뒤로 물러섰다.

"잠시 시간을 벌어 주십시오! 그 틈에 제가 놈들을 처리하겠습니다!"

먼저 움직인 쪽은 바로스였다.

"헙!"

짧은 기합과 함께 스켈레톤 사이로 뛰어들어 좌우로 참격을 뻗어 낸다.

스켈레톤 병사들도 빠르게 반응했다.

녹슨 장검을 휘두르며 연거푸 공세를 가한다.

연신 금속성의 충돌음이 울린다.

탕! 타탕!

카르나크도 마법을 날렸다.

"매직 애로우!"

간단하지만 효율적인 섬광 마법이 달려들던 구울 무리에 직격했다.

적중당한 사지 일부가 떨어져 나갔다. 충격으로 놈들이 뒤로 물러섰다.

그러나 쓰러지진 않았다. 이미 시체이니만큼 팔다리를 잃은 정도로는 움직임을 멈추지 않는 것이다.

시체들은 클레오를, 카르나크와 바로스는 알리우스를 보호하며 전투가 이어졌다.

성광이 둘린 검을 휘두르며 바로스가 마법 전언을 날렸다.

[사제의 축복이란 거, 이런 느낌이었군요.]

[어떤데?]

[도련님이 쓰시던 광폭화 저주랑 비슷해요. 아니, 색만 다르지 똑같다고 해야 하나?]

거무튀튀한 어둠 대신 찬란한 빛이란 차이만 있을 뿐, 바로스 입장에선 의외로 차이를 느낄 수가 없었다.

[그야 내가 걸었던 저주는 광폭화에 이성 유지를 추가한 거니까. 광전사가 이성을 지닌 채 차분히 날뛰면 딱히 성기

사랑 다를 것도 없잖아.]

[성기사 입장에선 찬성하기 힘든 의견일 것 같지만요.]

달려드는 스켈레톤 2구를 한꺼번에 쳐 내며 바로스가 슬쩍 물었다.

[도련님은 어때요? 도련님도 축복받아 본 건 처음이죠?]

[일부러 확인한 보람이 있어.]

알리우스를 힐끔 보며 카르나크는 옅게 웃었다.

[과연 저쪽은 전혀 눈치 못 챈 것 같군.]

아무리 마나와 구별할 수 없다 해도 혼돈마력의 근원은 결국 사령력이었다.

이게 성직자의 축복과 충돌할 경우 무슨 부작용이 생길지 모르는 것이다.

이론상으로야 아무 문제 없다지만, 이론과 현실이 다른 경우가 뭐 한두 번이었어야지?

[정말 부작용이 생기면 어쩌려고 그러셨어요?]

[그래서 일부러 이런 자리를 만든 거잖아.]

아무 신관이나 찾아가 축복을 받는다면, 예상 밖의 부작용이 터졌을 때 상대의 입을 막아야 한다.

하지만 지금은?

[사방이 사령력으로 넘쳐 나니까 티가 안 나지.]

란돌프에게 뒤집어씌운 것처럼, 저 사령술사에게 뒤집어씌울 수가 있다.

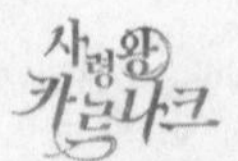

혹여 카르나크에게서 수상한 기운이 느껴져도 뭔가 저주를 받아서 그렇다고 둘러대면 된다.

[예전처럼 살진 말아야지, 암.]

[오, 이번엔 진짜 사람답게 판단하신 것 같아요. 웬일이래?]

[……난 항상 사람답게 살려고 노력한 것 같은데?]

한편 클레오는 인상을 쓰고 있었다.

'뭐지, 이 위화감은?'

얼핏 보기엔 전형적인 모험가들의 전투였다.

전사는 전위에서 동료를 지키고, 마법사는 후방에서 마법 날리고, 성직자는 전장을 보조한다.

그래, 딱히 특이한 점은 없다.

착실하고 정통적인 팀 단위 전투 방식이다.

'그런데 뭔가…….'

언데드를 상대하는 저 둘의 태도가 영 거슬렸다.

대충 싸우는 건 분명 아닌데 그렇다고 긴장하는 것도 아닌, 자연스럽다 못해 편안해 보이기까지 하는 기이한 표정.

그러고 보니 예전에 비슷한 표정을 본 기억이 있었다.

빵만 20년을 구워 온 고향 빵집 주인장 에롤드 씨. 그 양반이 아침마다 일과를 시작하며 반죽할 때 딱 저런 얼굴이었다.

관성적으로 대충 주무르는 것 같은데도 주인장의 빵 반죽은 항상 찰지고 윤기가 흘렀다.

반면 조수의 반죽은 아무리 심혈을 기울이고 열성을 다해도 어딘가 허술했지.

'그러니까…… 저놈들은 그만큼이나 언데드를 자주 상대했단 소리?'

클레오는 헛웃음을 흘렸다.

말도 안 되는 이야기였다.

'그냥 분위기 파악을 못 하는 놈들일 뿐이다.'

어쨌거나 강한 놈들인 건 틀림없었다.

잔뜩 불러 놓은 스켈레톤 병사와 구울이 어느새 거의 다 쓰러진 상태였으니까.

상관없다.

어차피 저놈들은 시간을 벌기 위한 미끼다.

"제법 한가락 하는 놈들이었구나."

조소를 흘리며 그는 양손으로 수인을 맺었다.

"허나 지금까지는 여흥이었을 뿐……."

사령력이 허공에 검은 마법진을 그리며 묵빛을 발했다.

"진정한 어둠의 권능을 맛보여 주마!"

소환진이 거체를 토해 내기 시작했다.

"오라, 지옥의 야수여! 내 뜻에 따라 이 땅에 강림하라!"

전신이 붉게 물든 거구의 악마가 복도에 발을 디딘다.

흉악한 외모에 거대한 뿔, 터질 듯한 붉은 근육으로 뒤덮인 야수의 육신, 양손에 쥔 투박한 배틀 해머까지.

2미터에 가까운 덩치라 복도가 꽉 차는 것처럼 느껴질 정도였다.

"크르르르……."

소환된 악마가 불길을 토하며 입을 열었다.

"계약자여, 무엇을 원하는가?"

"저놈들의 죽음!"

"바라는 대로 될 것이다……."

끔찍한 마기와 함께 강렬한 살기가 사방으로 뻗어 나갔다.

이번에야말로 놈들의 표정이 일그러지리라 기대하며 클레오가 회심의 미소를 지을 때였다.

"오!"

"이제야!"

클레오의 기대는 어긋났다.

바로스와 카르나크는 오히려 눈을 반짝반짝 빛내고 있었다.

검을 고쳐 쥐며 바로스가 히죽 웃었다.

[이제 좀 제대로 연습을 하겠네요, 도련님.]

카르나크 역시 마찬가지였다.

[그러게 말이다.]

스켈레톤이나 구울은 사실 전투력이 그리 높지 않다. 까놓고 말해서 일반 병사랑 크게 다를 바 없는 수준이다.

만들기 쉽고, 죽인 적을 아군으로 만들 수 있다는 점 때문에 군대의 일원으로서는 효용이 크지만 개개의 전투력은 평범한 것이다.

그럼에도 노련한 전사들이 저런 하급 언데드에게 당하는 이유는 익숙함의 차이 때문이다.

공격력이나 움직임은 분명 일반적인 인간 병사와 큰 차이가 없다. 하지만 방어란 개념에선 좀 다르다.

애초에 시체다 보니 팔다리는 물론이고 머리가 날아가도 계속 움직인다.

생물체와의 전투에만 익숙하던 이들은 이미 해치웠다고 여겼다가 허점을 찔리는 것이다.

아무리 찌르고 베어도 죽지 않으니 심적인 부담감도 크다.

하지만 냉정하게 보면, 사지 날아가도 계속 움직일 수 있다는 건 그리 대단한 게 아니다.

날아간 팔다리가 도로 붙지는 않잖아?

팔 자르면 외팔이 되는 거고 두 다리 자르면 앉은뱅이 되는 거다. 죽지만 않지 전투력은 착실히 반감된다.

죽은 자가 움직인다는 사실에만 익숙해지면 정말 별것 아니었다.

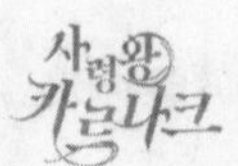

그리고 카르나크와 바로스는 현세에서 가장 언데드에 익숙한 이들, 당연히 연습 상대조차 되지 않았다.

반면 지금 소환된 악마는 다르다.

[저 정도 악마면 몇 급이죠?]

[최하급이긴 한데, 덕분에 지금 우리 수준에는 딱 맞지.]

[그러네요, 다시 시작했으니까.]

더 이상 사령왕도 데스 나이트 로드도 아니다. 현시점에서 전력을 재검토하며 감각을 정립할 필요가 있다.

그러기 위한 연습 상대로 저 악마는 그야말로 안성맞춤!

바로스가 투지 가득한 고함을 터트렸다.

"악마 놈! 내가 상대해 주마!"

그렇게 막 달려들려던 찰나였다.

"하토바의 빛이여, 악을 멸하소서!"

알리우스가 지팡이를 내리찍으며 거대한 성광을 발했다.

"홀리 디스펠!"

빛의 날개가 복도 천장과 벽을 타고 흐른다. 찬란한 광휘가 악마의 전신을 감싼다.

살기를 터트리던 악마가 당황하며 주위를 둘러보았다.

"이, 이건!"

공간이 열렸다. 비명과 함께 붉은 육체가 공허의 구멍 속으로 빨려 들어가기 시작했다.

"크윽! 역소환이라니!"

악마의 모습이 사라졌다.

사방을 뒤덮은 마기와 살기 역시 도로 사라져 버렸다.

홀리 디스펠, 어둠을 지우는 신성 주문으로 악마 소환식 자체를 지워 버린 것이다.

막 신나게 달려들려던 바로스가 눈을 깜빡였다.

"……엥?"

알리우스가 싸늘한 어조로 외쳤다.

"소용없다, 사령술사! 여신의 빛 앞에서 모든 사특한 것은 사그라질지어니!"

비장의 수단을 허무하게 잃은 클레오가 믿을 수 없다는 듯 고개를 저었다.

"어, 어떻게 알아챈 거지?"

언데드를 물리치는 신성 주문과 악마 소환을 해제하는 신성 주문은 엄연히 궤가 다르다. 그리고 알리우스는 악마를 소환하기 전부터 이미 주문을 준비하고 있었다.

즉, 스켈레톤과 구울이 시간 벌이용일 뿐이며 이어질 진짜 공격이 악마 소환이란 것까지 읽고 있었다는 의미.

과연 알리우스는 전부 예상하고 있었다.

"그대가 이 마을에서 저지른 짓을 보면 알 수 있지, 사령술사."

심문관으로 많은 경험을 쌓은 그였다. 사령술사들의 범죄를 통해 상대의 주특기가 어떤 식인지도 어느 정도 짐작이

가능했다.

부정한 기운을 통해 언데드를 창궐시키는 사령술은 마을 전체에 역병을 뿌리거나 해서 생지옥으로 만드는 경우가 대부분.

반면 클레오는 마을 전체를 현혹한 뒤 처녀들을 홀려서 이곳으로 데려왔다.

"그렇다는 건 제물을 바치고 악마에게서 힘을 얻는 흑마술 계열이 특기라는 소리가 되지 않나?"

의기양양한 얼굴로 그가 일행을 돌아볼 때였다.

"자, 이제 끝을 냅시……."

알리우스의 말문이 막혔다.

카르나크도 바로스도, 대놓고 허망해하는 얼굴들이었다.

"……뭐가 잘못되었습니까?"

화들짝 놀란 두 사람이 열심히 표정 관리에 들어갔다.

"아뇨, 그건 아니고."

"저런 거대한 악마를 단번에 해치우시다니, 놀라서 잠시 얼이 빠졌군요."

애써 둘러대긴 했지만 역시 실망감을 감추긴 힘들었다.

[에잉, 연습이고 뭐고 날아갔네.]

[대충 처리하죠, 도련님.]

클레오의 상태를 보아하니 남은 사령력도 얼마 없었다. 그냥 가까이 가서 슥삭 베면 끝이었다.

바로스가 성큼성큼 걸음을 옮겼다. 손에 쥔 장검이 싸늘한 예기를 뿌렸다.

"포기해라, 사령술사 놈."

다가오는 죽음을 본 클레오의 안면이 흉하게 일그러졌다.

"아직, 아직이다!"

가장 깊은 곳의 어둠까지 끌어내, 영혼 그 자체를 물들이며 힘을 갈구한다.

"으아아악!"

끔찍한 비명과 함께 클레오의 전신이 뒤틀린다.

사지가 뻗어 나가고 옷이 찢어지며 육체 자체가 거대화한다.

이내 흉측하게 변해 버린 놈이 짐승의 포효를 터트렸다.

"크아아아아!"

더 이상 그 자리에 인간 클레오는 없었다.

있는 것은 방금 소환되었던 악마와 흡사한 또 다른 악마뿐.

"데몬 나이트! 아직 저 정도의 힘이 남아 있었단 말인가?"

경악한 알리우스가 일행을 돌아보며 경고를 날리려 할 때였다.

"놈이 악마화 술법을 썼습니다! 다들 조심하시……."

또 말문이 막혔다.

카르나크와 바로스의 눈이 도로 초롱초롱 빛나고 있었다.

'잠깐, 댁들은 왜 좋아하고 있는 건데?'

겨우 연습 기회가 다시 왔다.

무릇 기회는 소중하게 다루어야 하는 법이다.

[저 신관이 또 딴짓하기 전에 후다닥 처리하자!]

[동감입니다, 도련님!]

바로스가 몸을 날렸다.

"후우……."

가볍게 숨을 내쉬며 곧장 악마화된 클레오의 품속으로 파고든다.

"헉! 이놈이!"

놀란 클레오가 죽어라 양팔을 휘둘러 봤지만 소용없었다.

아무리 강력한 공세라도 맞지 않으면 의미가 없다.

너무도 쉽게 피하며 연격을 날린다. 마혈이 튀고 또 튀며 순식간에 클레어의 전신이 걸레짝이 된다.

동시에 이어지는 카르나크의 마법들.

"파이어볼, 매직 애로우, 라이트닝 쇼크."

흔해 빠진, 전혀 수준이 높지 않은 공격 주문인데도 타이밍과 각도가 워낙 절묘했다.

날린 모든 마법이 마치 미리 짠 것처럼 악마의 빈틈만 교묘히 노려 적중한다.

폭음과 함께 클레오의 처절한 비명이 복도를 가득 울렸다.

"크억! 아악! 으아악!"

그렇게 한 1분 지났을까?

도로 악마화가 풀린 클레오가 넝마가 된 채 쓰러졌다.

[아, 몸 잘 풀었네요.]

[역시 양보단 질이지.]

짧지만 알찬 연습 시간이었다. 흡족해하며 바로스가 클레오의 등을 짓밟았다.

"크억!"

그리고 순박한 표정으로 뒤를 돌아보며 묻는다.

"이제 어쩝니까? 죽여요? 아니면 사로잡나?"

지켜보던 알리우스는 그저 멍하니 서 있을 뿐.

'맙소사…….'

자신이 뭘 해 보기도 전에 상황이 끝나 버린 것이다.

'대체 뭐 하는 자들이지?'

방금 전의 광경을 떠올리며 알리우스는 혀를 내둘렀다.

'대체 어떻게 그런 식으로 싸울 수 있는 거지?'

딱히 초인적인 실력을 보인 것은 아니었다. 투기를 각성한 오러 유저나 고위 마법사가 구사하는 초월적인 무력과는 거리가 멀었다.

'검술이나 마법의 위력 자체는 분명 평범한 수준이었어.'

그저 노련함이 상상을 초월했다.

모든 공격을 미리 읽고 피하고, 모든 약점이 뻔히 보이는 것처럼 정확히 노리고, 이 모든 것을 단 한 번의 실수도 없이 계속 행하는데 전혀 긴장 따위 보이지 않는다.

얼마나 전투 경험이 방대해야 저런 짓이 가능하단 말인가?

'심지어 둘 다 아직 20대잖아. 잘해 봐야 내 또래인데 어디서 그런 경험을 쌓았다는 거야?'

알리우스도 나이에 비해 경험이 많은 편이지만 저 정도는 아니었다.

'혹시 실력을 숨기고 있는 건가?'

이건 앞뒤가 맞지 않는다.

그럴 이유도 없거니와, 실력을 숨긴다는 작자들이 대놓고 저런 노련한 전투를 보여 준다고? 웃기는 소리다.

그렇다면 결론은 하나였다.

아직 젊은 나이라 투기를 각성하지 못하고 마력량 역시 낮지만 재능만큼은 어마어마해서 전투 감각만으로 저런 짓이 가능하다는 것!

'와, 나도 교단에선 수재 소리 꽤나 들었는데…….'

남들 앞에선 겸손을 떨었지만 알리우스는 솔직히 자신의 재능을 자각하고 있었다.

남들은 낑낑대며 간신히 하는 걸 쉽게 익힐 수 있는데 그걸 모르면 바보지.

그런 자신이 보기에도 시샘이 날 만큼 엄청난 재능의 소유자들이었다.

'제스트라드 남작가라고 했던가?'

결코 시골 영지에 처박혀 있을 인재들이 아니었다.

그리고 점점 혼란해지는 정세 속에서 인재는 항상 부족한 법이었다.

'교단으로 돌아가면 바로 알아봐야겠어.'

그렇게 잠시 알리우스가 딴생각에 잠겨 있을 때였다.

"저기요, 신관님?"

클레오의 등을 짓누른 채 바로스가 그를 독촉했다.

"이제 어쩌냐니까요? 죽여요, 살려요?"

알리우스는 정신을 차렸다.

'지금 이러고 있을 때가 아니군.'

쓰러진 클레오에게 다가가며 그가 지팡이를 겨눴다.

"제가 처리하겠습니다."

지팡이 끝에서 빛이 흘러나오기 시작했다. 깔려 있던 클레오가 공포에 질려 바둥거렸다.

"으, 으어……."

무시하며 알리우스는 성광을 클레오에게 갖다 댔다.

"끄아아아악!"

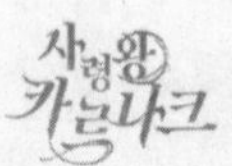

비명이 터지며 놈의 혈관이 검붉게 물들어 도드라졌다. 이내 피부가 찢어지며 검은 기운이 솟구쳤다.

검은 기운이 허공에 응집되더니 알리우스가 꺼낸 병 속으로 일제히 빨려 들어간다.

잠시 후 모든 기운이 사라져 버렸다.

바로스와 카르나크가 힐끔 클레오를 살폈다. 그는 어느새 절명한 후였다.

"예상했던 대로군요."

병에 성광을 흘려 본 알리우스가 단언하듯 말했다.

"종말의 어둠입니다."

카르나크는 옅게 웃었다.

'오호라, 저런 식으로 처리하는구나? 좋은 거 봤다.'

성직자가 어떤 식으로 사령력을 봉인하는지 옆에서 생생히 지켜본 것이다. 이건 정말 큰 수확이었다.

반면 바로스는 걱정하고 있었다.

[이래도 돼요? 우리도 저거 필요하잖아요. 그냥 눈뜨고 빼앗기게 생겼는데요?]

[괜찮아. 다 대비해 놨어.]

[대비요?]

그때였다.

갑자기 복도 한구석에서 어둠의 촉수가 뻗어 나와 알리우스를 노렸다.

파아아앗!

"아차! 아직 남은 함정이……."

기겁하며 알리우스가 몸을 돌렸지만 반응이 조금 늦었다.

순식간에 촉수가 그의 목을 조르기 시작했다.

"큭! 끄으……."

흐려지는 시야 속에 놀라 달려오는 카르나크가 보인다.

"신관님!"

의식을 잃어 가면서도 알리우스는 내심 안도했다.

이미 사령술사는 처리했으니, 이 정도는 저들이 어떻게든 해 줄 것이다.

'혼자 오지 않아서 다행이다…….'

알리우스가 완전히 기절하자 목을 조르던 촉수도 도로 풀렸다. 놀란 얼굴이던 카르나크 역시 표정을 싹 바꾸었다.

"됐다."

바로스는 어이없다는 반응이었다.

"언제 이런 걸 준비하셨대요?"

"뒤로 딴짓하는 거야말로 사령술사의 본분 아니냐?"

"그래도 그렇지, 이러다 의심이라도 사면……."

중얼거리다 말고 바로스가 주위를 둘러보았다.

"하긴, 그럴 일은 없으려나?"

종말의 어둠은 병 속에 봉인되었지만 잔여 사기는 여전히 복도 가득 넘실거리고 있다.

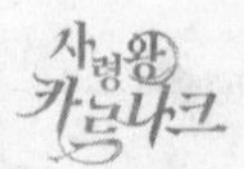

그리고 함정을 사방에 까는 것은 원래 사령술사들의 주특기 중 하나였다.

"이 친구 입장에선 저놈이 수작 부린 걸로밖에 안 보일 테니……."

"실은 그보다 더 큰 이유가 있지."

카르나크가 혼돈마력을 살짝 끌어 올렸다.

"자, 봐라? 마법이다?"

"마법인데 어쩌라고요?"

"그러니까 난 지금 마법사라고. 마나를 사역하는."

뒤늦게 바로스도 이해했다.

"아, 그렇구나."

프레드야 무식해서 마법사인 카르나크가 사령술을 쓰는 걸 보고도 '이놈이 정체를 감췄구나!'라며 그냥 넘어갔지만 알리우스는 고위 신관이다.

일반인 앞에서야 사령술사가 마법사인 척 위장할 수 있어도 신관 앞에서는 불가능하다.

그리고 마나와 투기, 신성력과 사령력은 결코 양립하지 않는다. 그것이 상식이다.

"그런 양반이 내가 마나 쓰는 걸 뻔히 봤는데 의심을 하겠어? 뭐, 실은 혼돈마력이지만 차이는 거의 없으니까."

쓰러진 알리우스의 품에서 검은 병을 꺼내며 카르나크는 히죽 웃었다.

"이 틈에 조사한 뒤 되돌려놓으면 완전범죄지."

⁂

"그럼 어디……."

병 속에 담긴 어둠에 혼돈마력을 불어 넣으며 카르나크는 잠시 정신을 집중했다.

지켜보던 바로스가 물었다.

"도련님 부스러기 맞아요?"

"맞아."

"운이 좋네요. 마침 찾은 사령술사가 정확히 우리가 원하던 놈이라니."

"운이 좋은 게 아니더라."

카르나크가 어깨를 으쓱였다.

"오히려 당연한 거야, 이쪽이."

전생에서 사령술사란 가뭄에 콩 나듯 극히 드물게 출몰하는 존재였다.

반면 지금은 종말의 어둠 때문에 우후죽순으로 창궐하고 있다.

"돌멩이 10개 들어 있던 공간에 누가 다른 돌멩이를 만 개쯤 더 때려 붓고 섞었다 치자. 거기서 아무 돌멩이나 하나 집으면? 거기서 원래 돌멩이를 집을 가능성이 얼마나 있

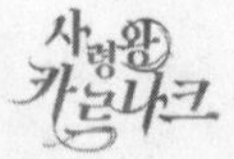

겠냐?"

현재 사령술사로 행세하는 놈들은 거의 대부분 종말의 어둠 관련자인 것이다.

"심지어 원래 있던 돌멩이도 점점 사라지는 상태거든?"

탐색 과정에서 알게 된 사실이 있다.

클레오는 환란이 오기 전부터 사령술을 추구하던 자였다.

원래는 순수한 사령술사였다가, 종말의 어둠을 지닌 다른 놈을 죽이고 힘을 흡수한 케이스인 것이다.

"기존의 사령술사라도 이런 상황에선 우선적으로 종말의 어둠 사냥부터 나서게 되는 거야. 워낙 탐나는 먹이일 테니까."

이래서야 종말의 어둠과 관계없는 사령술사가 남아 있을지조차 의문이었다.

설명을 마친 뒤 카르나크는 다시 정신을 집중했다. 지루하게 기다리던 바로스가 눈치를 보며 다시 물었다.

"그래서, 뭐 좀 건진 건 있어요?"

"글쎄다. 일단 이놈이 뭐 하던 놈인지는 알겠는데……."

잔존 사념에 따르면, 클레오는 종말의 어둠을 손에 넣은 뒤 테스라낙을 섬기는 사교도의 일원으로 활동 중이었다.

"테스라낙?"

바로스는 의아해했다. 처음 들어 보는 이름이었다.

"응. 죽음의 신이라는데?"

"그게 말이 돼요?"

왕년에도 죽음의 신이라 불리던 존재가 있긴 있었다.

바로 카르나크 본인.

멀쩡한 인간, 아니, 멀쩡하지는 않지만 어쨌든 인간 출신인 게 분명한 그에게 저런 거창한 수식어가 붙은 이유가 있다.

7여신교의 교리에 따르면 죽음과 어둠은 여신이 관장하는 영역이 아니다.

어둠은 빛의 여신의 가호가 약해지는 개념이고, 밤은 온갖 마물과 마수가 날뛰는 두려움의 시간.

그렇기에 태양의 여신은 어둠을 몰아내 밤을 낮으로 바꾸고, 달과 별의 여신은 밤의 어둠 속에서도 빛으로 인간들은 인도한다.

죽음은 가여운 인간들이 맞이하는 어쩔 수 없는 운명.

일곱 여신을 믿고 따르면 죽은 후에도 여신의 천국에 거두어져 고통으로부터 벗어난다.

여신의 가호 없이 죽음을 맞게 되면 그 영혼은 악마들이 들끓는 지옥에 떨어져 고통받는다.

죽음과 어둠은 별개의 현상이 아니라 어디까지나 삶과 빛의 부재일 뿐인 것이다.

"그런데 죽음과 어둠의 신이 따로 존재한다고요?"

"사교도들은 그렇게 믿고 있는 모양이더라고."

저들의 교리에 따르면 테스라낙은 종말의 어둠을 뿌리는 죽음과 재생의 신으로, 혼탁하고 거짓된 세상을 죽음으로 정화한 뒤 새로운 낙원을 펼치는 존재라고 한다.

바로스가 헛웃음을 흘렸다.

"그러니까 그 테스라낙이 이 환란을 만든 놈이다, 이런 이야기네요?"

"그렇다나 봐."

어이가 없어 카르나크는 한숨을 내쉬었다.

"나 참, 별걸 다 갖다 붙이네. 어디서 있지도 않은 신을 만들어서……."

본인 입장에선 실로 어처구니없는 이야기였다.

"그렇다고 아니라고 할 수도 없으니 그냥 그러려니 해야겠지?"

"그렇죠, 뭐."

좀 더 탐색을 해 봤지만 그 후론 쓸 만한 내용이 없었다.

워낙 파편화된 상태라 총괄적인 상황을 파악하기엔 여전히 정보량이 적다. 더 알아내려면 더 많은 종말의 어둠이 필요하다.

그렇다고 딱히 실망하진 않았다. 애초에 이렇게 될 줄 알았으니까.

"이번엔 건진 것도 많은데 이 정도로 만족해야지."

어둠이 담긴 병에서 혼돈마력을 끌어내며 카르나크는 싱

글벙글 웃었다.

“예상대로야. 성직자 힘 빌리면 엄청 쉬워지네.”

“뭐가요?”

“혼돈마력 정제하는 거.”

혼돈마력은 정화된 사령력이다. 바꿔 말하면 봉인된 사령력이란 소리도 된다.

이론상, 사제의 신성력을 이용하면 훨씬 쉽고 간단하게 혼돈마력을 정제할 수 있다!

“그런데 이걸 실험해 볼 방법이 있어야 말이지.”

성직자 초빙한 다음 ‘제가 이제부터 사령술 쓸 건데요, 이거 신성력으로 정화해 주세요.’라고 하면 참 좋은 반응 나오겠다.

카르나크가 알리우스와 함께 움직이려고 한 가장 큰 이유가 이것이었다.

어떤 식으로 신성력이 사령력을 정화하는지, 그리고 그 방식을 어떻게 혼돈마력 정제에 응용할지에 대한 정보를 얻어내는 것.

병에 담긴 암흑에서 혼돈마력을 모조리 뽑아낸 카르나크가 뿌듯해하는 표정을 지었다.

“이제 어떻게 해야 하는지 알겠군.”

모자란 지식을 메우고, 마력량도 2배 이상 늘어났다. 별 고생도 하지 않고 많은 것을 얻어 낸 셈이다.

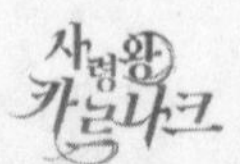

"이 정도면 4서클 마법사로 행세할 수 있겠어."

바로스가 기절한 알리우스를 돌아보며 물었다.

"어, 그럼 앞으로도 저 친구를 대동해야 하는 겁니까?"

그리고 매번 지금처럼 기절시킨다?

이건 좀 아닌 것 같았다.

바보가 아닌 이상, 같은 상황이 반복되면 분명 의심을 할 것이다.

"당연히 그렇게는 안 하지."

카르나크는 손을 저었다.

"신성력을 지닌 존재가 성직자만 있는 것은 아니잖아."

세상엔 사람 말고 물건이 신성력을 지닌 경우도 있다.

성물이 바로 그것이다.

"성물이라고 하면 대단한 것 같지만 실은 의외로 흔한 물건이거든."

교회에서 돈 받고 파는 성수나 파사의 부적, 수호부 등도 따지고 보면 성물이다. 너무 흔해서 성물이란 느낌이 안 들 뿐이지.

"돈도 많은데 그런 거 잔뜩 구해다 마력 정제에 써먹어야지. 앞으로 좀 편해지겠네."

정보도 마력도 다 뽑아 먹었으니 더 이상 이 어둠의 병에 볼일은 없다.

카르나크는 병을 도로 알리우스의 품에 넣었다.

알리우스가 병을 확인한다 해도 딱히 이상한 점은 발견할 수 없을 것이다.

사기와 탁기 자체는 그대로 남아 있을뿐더러, 사령력에서 마력을 뽑아낸다는 행위 자체가 보통은 상상조차 힘든 일이니까.

"비유하자면 배설물에서 영양분만 다시 뽑아내는 셈인데 상식적으로 떠올리기 힘들지, 그런 거."

바로스가 오만상을 찌푸렸다.

"비유가 너무 더러운 거 아닙니까?"

"사령술이란 게 그만큼 더러운 수법이란 거야. 성직자들에겐 특히."

"우리가 그 정도로 추잡한 존재들이었어요?"

"괜히 온 세상의 혐오란 혐오는 다 받고 산 줄 알아?"

이제 남은 건 기절한 알리우스를 도로 깨우는 일뿐.

잠시 표정 관리를 하더니 카르나크가 다급히 알리우스를 흔들기 시작했다.

근심과 걱정을 가득 연기하며 목청을 키운다.

"신관님! 괜찮으십니까, 신관님!"

"으으으……."

옅은 신음을 흘리더니 알리우스가 천천히 눈을 떴다.

안도하며 카르나크가 한숨을 쉬었다.

"다행입니다. 무사하셨군요."

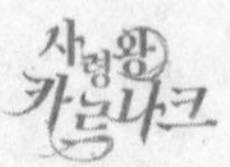

그 모습을 지켜보던 바로스는 그저 기만 찼지만.

[와, 입에 침도 안 바르고 잘도 저런 연기를 하시네?]

[표정 관리! 바로스!]

[아, 넵!]

클레오가 죽자 겔파 마을에 걸린 사령술도 깨졌다.

현혹이 풀린 주민들은 기억의 모순을 깨닫고 경악했다.

"맙소사, 왜 그런 인간을 젊게 본 거지?"

"왜 잘생겼다고 생각한 거야, 우리가?"

"교회 신관님조차도 사령술에 걸린 거였어?"

다행히 알리우스의 빠른 후속 조치로 공포는 가라앉았다.

우선 마을 교회와 이야기를 맞췄다.

마을 교회라고 손 놓고 있었던 것은 아니다. 실은 내내 클레오를 수상히 여기고 있었다. 그래서 그라스 신관이 몰래 알리우스를 초빙해 클레오를 퇴치했다.

이런 식으로 발표한 것이다.

이걸로 교회에 대한 신뢰는 다시금 돌아왔다.

게다가 딱히 마을 사람들이 실질적인 피해를 본 부분이 없다는 점도 컸다.

클레오는 분명 마을 처녀들을 붙잡아 제물로 쓰기 위한 준비를 해 왔다. 그 사전 작업을 위해 마을 전체에 돈을 뿌리며 환심을 사기 위해 노력했다.

그런데 하필 제물 의식을 치르기 직전에 알리우스에게 걸린 것이다.

겔파 마을 입장에선 그냥 돈만 챙기고 입 씻은 꼴이 되었달까?

"어휴, 큰일 날 뻔했네."

"앞으로 조심해야겠어."

분위기가 좀 흉흉해지긴 했지만 그럭저럭 마을은 안정을 되찾았다.

그렇게 뒤처리를 마친 뒤, 알리우스는 카르나크 일행과 함께 데라트 시티로 향했다.

오는 내내 그는 두 사람에게 질문을 던졌다.

"두 분은 어디서 검술과 마법을 사사하신 겁니까?"

"전투 경험이 많으신 것 같던데, 제스트라드 남작령이 꽤 험한가 보지요?"

"혹시 예전에 사령술사와의 전투를 경험하신 적이 있습니까?"

아무래도 상당히 관심이 큰 것처럼 보였다.

하긴, 그 정도 활약을 보였으니 그럴 법도 했다.

카르나크는 적당히 대꾸하며 넘겼다.

"운 좋게도 옛 궁정 마법사의 유산을 얻을 기회가 있었습

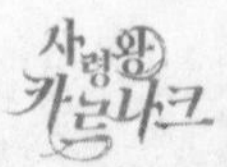

니다. 바로스 경은 델피아드 검투술을 익혔고요."

"저희 영지가 좀 험하다 보니 마물과 조우할 일이 많습니다."

"얼마 전 사령술사가 저희 영지로 도망쳐 라티엘 교단의 힘을 빌린 적이 있지요."

거짓과 진실을 교묘히 섞으니 꽤나 매끄럽게 대화를 이어갈 수 있었다.

마침내 데라트 시티에 도착하고 헤어질 시간이 왔다.

"이제 두 분은 영지로 돌아가십니까?"

알리우스의 질문에 카르나크는 고개를 저었다.

"아니요. 한동안 데라트 시티에 머물 예정입니다."

"그렇군요."

우아하게 묵례하며 알리우스가 오랜 인사말을 건넸다.

"하토바의 가호가 두 분의 여정에 깃들기를."

멀어지는 그의 뒷모습을 보며 바로스가 무심히 중얼거렸다.

"또 보게 될 것 같죠, 저 신관? 우리한테 관심 많던데."

"7여신교와 인맥 만들어서 손해 볼 건 없지. 상황이 바뀌었잖아."

어차피 종말의 어둠을 계속 찾아다녀야 할 신세다. 정보를 얻을 루트는 하나라도 더 많을수록 좋다.

카르나크가 말 머리를 돌렸다.

"자, 그럼 우리도 할 일이나 마저 하자고."

신바람을 내며 바로스가 뒤를 따랐다.

"넵! 못다 한 맛집 탐방을 마저 하러 가시죠!"

"야, 어디까지나 종말의 어둠 탐색이 목적이거든?"

"그래서? 밥 먹으러 안 가실 거예요?"

"가야지, 밥인데."

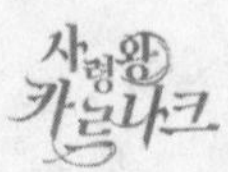

죄악의 도시 트리스트

"헉, 헉헉……."

가쁜 숨을 몰아쉬며 루크는 계속 달렸다.

"으으, 어째서 이런 일이……."

멈출 수 없었다. 조금이라도 지체하면 저 끔찍한 괴물이 당장이라도 그를 덮칠 테니까.

'말도 안 돼. 이건 꿈일 거야, 이런 일이 일어날 리 없어…….'

아무리 현실을 부정하려 해도 등 뒤에서 쫓아오는 저 어둠은 사라지지 않는다.

"으, 으아……."

어느새 골목 전체를 검은 그림자가 휘감았다.

더 이상 도망칠 곳도 없었다. 루크의 무릎이 풀렸다.

"아아, 여신이시여……."

무너지듯 주저앉으며 기도를 올린다. 세상을 가호하는 여신을 부르며 눈앞의 공포를 마주한다.

너울대는 암흑 사이로 흑발의 청년이 모습을 드러냈다. 청년이 어이없다는 표정을 지었다.

"야, 지금 네놈이 여신 찾을 자격이나 있냐?"

양손을 뻗으며 루크가 악을 썼다.

"꺼져라, 이 끔찍한 악마 놈!"

루크의 좌우로 칠흑의 악령이 솟구쳤다.

날아드는 악령을 보며 청년, 카르나크는 코웃음을 쳤다.

"지금 누가 누굴 보고 끔찍하다는 거야?"

30명에 달하는 인간들을 죽이고, 그 2배에 달하는 여인들을 범하고, 어린아이까지 제물로 바치며 이곳 델라드 일대를 공포로 물들인 놈이었다.

그런 놈이 막상 자신이 몰리니까 순진한 일반인처럼 굴다니.

"이래서 사람은 서 있는 위치에 따라 달라진다는 건가? 아니, 이건 좀 다른 이야기인가? 하여튼 일반인 감성은 이해하기가 힘들어서."

고개를 갸웃거리며 카르나크는 손가락을 내밀었다.

가볍게 손가락을 까닥거리는 것만으로 악령은 간단히 소멸해 버렸다. 루크의 얼굴이 절망으로 물들었다.

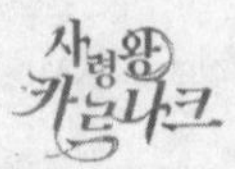

"내 악령들이……."

골목 반대편에서 또 다른 그림자가 나타났다.

"아따, 그놈 발 참 빠르네. 사령술사가 웬 뜀박질을 이렇게 잘한대요?"

"원래는 좀도둑이었다더라. 확실히 도망은 잘 치네."

앞뒤로 루크를 포위한 채 카르나크가 손짓을 했다.

"후딱 잡기나 해."

"넵!"

바로스가 몸을 날렸다.

루크가 악령을 끌어내 저항하려 했지만 소용없었다. 이미 카르나크의 사령술이 그의 어둠을 단단히 묶고 있었다.

현재의 루크는 그저 평범한 좀도둑일 뿐. 그런 그가 단련할 대로 단련한 기사의 주먹을 막을 수 있을 리 없다.

퍽!

육중한 타격음과 함께 루크는 그대로 쓰러졌다.

보디블로우 한 방으로 사람을 실신시킨 바로스가 놈의 목뒤를 잡아 든 채 물었다.

"거기로 끌고 갑니까?"

대수롭잖다는 듯 카르나크가 대답했다.

"응. 종말의 어둠을 뽑아내야지."

예전의 카르나크는 사령술사를 잡으면 즉석에서 종말의 어둠을 뽑아낸 뒤 천천히 시간을 들여 혼돈마력으로 정제했다.

하지만 보다 효율 좋은 방법을 찾아낸 지금은 다른 방식을 쓰고 있었다.

데라트 시티 외곽의 한 허름한 창고.

인적 드문 이 어두운 공간에서 웃통을 깐 루크가 허공에 대롱대롱 매달려 있었다.

"으, 으으……."

밑에는 커다란 물통이 비치되어 있고, 매단 밧줄을 바로스가 튼튼하게 붙잡고 있다.

카르나크의 목소리가 울렸다.

"담가."

밧줄이 또르르 풀리며 루크가 물통으로 퐁당 빠졌다. 물론 머리부터.

"읍! 우우읍!"

꼬르륵거리며 루크는 발버둥을 쳤다. 물론 온몸이 꽁꽁 묶여 있으니 소용은 없었다.

숨 막혀 죽겠다 싶을 때쯤 돼서야 카르나크가 다시 말했다.

"건져."

간신히 공기를 맛본 루크가 숨을 헐떡일 때였다.

"담가."

꼬르륵!

"건져."

"쿠, 쿨럭! 쿨럭!"

거친 호흡을 내뱉으며 루크는 울먹였다.

"……대, 대체 왜?"

대뜸 자신을 붙잡아 이 창고에 가두더니, 계속 이렇게 물고문을 하는 것이다.

그래서 심문만을 기다렸다. 그 어떤 비밀이라도 아낌없이 토설할 만반의 준비까지 갖추었다.

그런데 질문이 없다. 그냥 막무가내로 계속 고문만 한다.

"원하는 게, 쿨럭, 뭡니까?"

왜 질문을 안 하냐고! 묻는 말에 뭐든지 대답할 거라니까?

카르나크의 대꾸는 참으로 야속했다.

"담가."

"읍! 우우읍!"

루크가 뭐라 하건 전혀 신경 쓰지 않는다. 그저 계속 고문만 진행할 뿐.

그러면서 도무지 이해할 수 없는 말만 하고 있다.

"역시 이쪽이 효율이 좋다니까."

'아니, 대체 뭔 효율이 좋다는 거야?'

의문 속에서 루크는 다시 물통 속으로 침잠해 갔다.

그런데 사실, 카르나크는 정말로 고문을 하고 있는 게 아니었다.

"탁기가 죽죽 빠지네."

그는 그저 '빨래'를 하고 있을 뿐이었으니까.

알리우스 덕분에 신성력으로 탁기를 정화시키는 요령은 알아냈다. 신관 대신 성물을 이용하는 방식도 개발해 냈다. 알리우스를 통해 성수도 잔뜩 마련했다.

여기까진 좋았는데, 막상 실전에 들어가니 문제가 생겼다.

양이 너무 적었다. 성수를 열 병씩 부어도 사령술사의 영혼 전체를 정화하기엔 모자랐다.

그래서 이 방식을 택한 것이다.

빨래할 때도 비누만 가지고 하진 않는다. 물로 헹구며 골고루 때를 빼지.

마찬가지로 성수를 물에 타 희석시킨 다음 전신을 헹궈 가며 천천히 탁기를 빼는 것이다.

본질적으로는 정말 '빨래'였다. 빠는 대상이 옷감이 아니라 영혼이라는 차이가 있을 뿐.

"건져."

"어푸, 어푸푸!"

덕분에 루크는 그야말로 죽을 맛이었지만 당연히 카르나

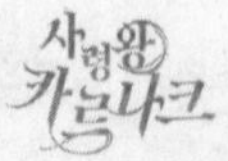

크는 알 바 아니다.

바로스만 좀 찜찜해할 뿐이었다.

"이래도 되나요? 우리 예전처럼 살진 말자고 했잖아요."

죄 없는 인간 붙잡아 고문하며 영혼을 타락시켜 사령력을 뽑아내는 행위는 과거 카르나크가 가장 자주 하던 짓이었다.

마찬가지로 사람을 고문해 힘을 뽑고 있으니, 이건 예전처럼 사는 게 아닐까?

카르나크는 단호하게 아니라고 주장했다.

"그땐 죄 없는 사람들을 고문한 거였고, 지금 이놈은 나쁜 놈이잖냐?"

하긴, 이 루크란 작자가 얼마나 많은 사람들을 죽였는지 칭호도 따로 생겼을 정도이긴 하다.

"……그런데 얘 칭호가 뭐였더라?"

"또 어둠의 군주였죠."

또라는 수식어가 붙은 이유가 있었다.

이놈이 카르나크 일행이 붙잡은 '세 번째' 어둠의 군주거든.

"하여튼 사령술사 놈들은 칭호가 다 거기서 거기라니까."

"그런 것치곤 도련님도 예전에 어둠의 군주라고 칭하신 적이……."

"그, 그땐 내가 어려서 그랬고!"

"그 후엔 역병의 지배자라고……."

"그때도 어렸지!"

"나이 서른 넘겨서도 죽음의 제왕이라 칭하셨던 것 같은……."

"……시끄러워."

"넵."

하여튼, 물통에 퐁당퐁당 잠기고 있는 이 사내가 어둠의 군주라 불리며 온갖 악행을 저질렀다는 건 틀림없는 사실이다.

그래서 카르나크는 당당할 수 있었다.

"나쁜 놈을 붙잡아 죄의 대가를 치르게 하니, 이는 틀림없는 선행이다!"

"……그런가?"

바로스는 묘한 표정을 지었다.

일단 논리엔 문제가 없는 것 같은데……. 그래도 저기 거꾸로 매달려 고통으로 몸부림치는 사내를 보면 뭔가 아닌 것 같기도 하고…….

"거꾸로 매다니까 힘들어 보이는데, 반대로 매달까요?"

"바로스, 너 진짜 나쁜 놈이구나? 목을 매달면 숨 막혀 죽잖아! 발목을 매달아야지."

"그러네?"

깨달음을 얻은 바로스의 표정이 환하게 밝아졌다.

"상대의 목숨까지 염려하시다니, 도련님이 선행을 하고

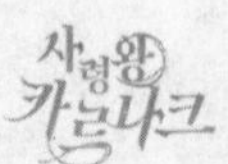

있는 게 맞군요!"

"그럼!"

둘 다 손목이나 허리를 묶으면 된다는 것까진 생각이 안 미친 모양이었다.

덕분에 그저 죽도록 괴로운 건 루크뿐.

"우욱! 쿨럭! 푸허허헉! 야, 이 미친, 케엑!"

처절한 비명 사이로 카르나크의 한가한 목소리가 또 울렸다.

"담가."

결국 루크의 탁기는 모조리 빠졌다. 놈이 지녔던 종말의 어둠도 깔끔하게 카르나크에게로 귀속되었다.

동시에 기운을 빼앗긴 루크 역시 절명했다.

상대 목숨까지 염려하니 어쩌니 해 놓고 막상 볼일 끝나니 가차 없이 죽인 것이다.

하지만 카르나크도 바로스도 그 부분은 신경조차 쓰지 않았다.

애초에 상대에게 자비를 베풀려는 목적이 아니다. 그냥 살려 둬야 어둠 정제하기 쉬울 뿐이라 그런 것이지.

덕분에 루크는 온갖 고통과 절망 속에서 천천히 죽어 갔다. 어떤 의미에선 그에게 희생된 이들에 대한 공양이라 하겠다.

루크의 시체를 보며 바로스가 중얼거렸다.

"이건 하토바 교단에 연락하면 평소처럼 처리하겠죠?"

"그래. 우리도 이만 돌아가자."

창고를 떠나 두 사람은 숙소로 향했다.

걸음을 옮기며 문득 바로스가 물었다.

"어둠은 좀 많이 모으셨어요?"

데라트 시티에 머무른 지도 어느덧 석 달이 넘었다. 그동안 사냥한 사령술사의 숫자도 상당했다.

"우리가 그동안 잡은 놈들이……."

바로스가 잠시 손가락으로 꼽아 보았다.

"어둠의 군주 셋에 질병의 제왕 둘, 죽음을 벗 삼는 자 하나였던가? 참 다들 칭호가 거기서 거기란 말이죠."

"죽벗자는 좀 특이하던데."

"요약하니까 뉘앙스가 이상해지는구만요."

어쨌든 그동안 꽤 많은 사령술사를 사냥했고, 덕분에 종말의 어둠도 꽤나 모았다.

그렇다면 슬슬 집에 돌아갈 때가 된 것 아닐까?

"뭔가 변화가 좀 있어요?"

"아직이다."

"대체 얼마나 더 모아야 하는 겁니까? 설마 온 세상에 뿌려진 종말의 어둠을 전부 모아야 하는 건 아니죠?"

"미쳤냐? 평생 걸려도 모자랄 텐데."

잠시 생각을 정리한 뒤 카르나크가 입을 열었다.

"지금 내가 세상의 종말에 대처할 방법은 세 가지다."

"종말에 대처하기는? 그렇게 말하니 꼭 도련님이 세계의 구원자 같잖아요? 실은 그냥 자기가 싸지른 X, 열심히 치우고 다니는 거……."

"좀 닥치고. 넌 왜 이렇게 토를 자꾸 다냐?"

"네, 네."

예나 지금이나 한결같은 시종에게 눈을 한번 흘긴 뒤, 카르나크가 말을 이었다.

"첫 번째는 세상이 어찌 되건 나 몰라라 신경 끄고 사는 것."

이건 불가능하다.

신경 끄고 살기엔 저지른 사고가 너무 컸다. 그래서 이렇게 싸돌아다니고 있는 것 아닌가?

"두 번째는 바로스 네 말대로 뿌려진 종말의 어둠을 전부 수거하는 거지."

이 역시 현실성이 없긴 마찬가지였다.

온 세상에, 수없이 뿌려지는 그 방대한 종말의 어둠을 모조리 수거한다고? 평생 걸려도 모자랄 대업이었다.

"사람답게 살아 보겠다고 다 버리고 돌아왔는데 평생 떠돌아다니며 고생할 수는 없잖아?"

그러니 가능성이 있는 것은 세 번째 계획뿐이었다.

"어둠이 뿌려지는 근본적인 통로를 막는다."

그간 모은 종말의 어둠을 통해 어느 정도 상황을 파악했다.

지금 뿌려지는 어둠은 무작위로, 온 세상 아무 곳에나 멋대로 뿌려지는 것이 아니다.

"종말의 어둠이 비처럼 내린다고들 하는데, 그 비도 사실은 구름이 있어야 내리는 것이잖아. 어둠을 뿌리는 시공의 통로를 구름이라고 하면 개념이 얼추 비슷하거든."

아무리 카르나크라도 내리는 비를 모조리 막을 순 없다.

하지만 미리 대비해 구름의 생성을 막을 수는 있다.

"지금까지 모은 정보로 구름의 존재는 파악했어. 그러니 좀 더 정보를 모아 구름의 생성과 출현 조건까지 알아내면, 더 이상 종말의 어둠이 내리는 건 막을 수 있겠지."

물론 이 방식으로 이미 뿌려진 종말의 어둠까지 어찌할 방법은 없다. 하지만 이 부분은 의도적으로 무시한다.

"아직까진 7여신교가 충분히 감당할 수준이니까 어떻게든 되겠지."

바로스는 멍한 표정을 지었다.

"아, 예……."

솔직히 칼잡이인 그에겐 이해하기 어려운 개념이었다. 솔

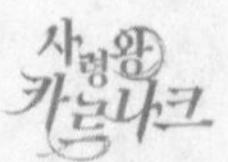

직히 말해서 이해하고 싶은 생각도 별로 없고.

진짜 알고 싶은 건 이거다.

그래서 집에는 언제 가냐고!

"앞으로 몇 놈이나 더 사냥해야 합니까?"

대충 계산한 뒤 카르나크가 어깨를 으쓱거렸다.

"어둠의 군주 스무 놈 정도 더?"

쉽게 말해 루크 같은 놈 20명 더 잡으면 된단 소리였다.

어쩌다 어둠의 군주라는 거창한 칭호가 삼류 사령술사를 의미하는 것이 되었나 모르겠지만, 요새 세상 분위기가 이렇긴 하지.

바로스가 한숨을 쉬었다.

"적어도 석 달은 더 데라트 시티에 머물러야겠네요. 집사 영감님이 난리 치시는 거 아닌가 몰라."

원래는 수도 간다면서 100일 정도 영지를 비우겠다고 한 카르나크였다.

그런데 이미 그 기간은 지나 버렸다. 수도는 근처에도 가지 않았고.

카르나크도 아차 싶었는지 표정을 굳혔다.

"슬슬 영지에 연락을 해 둬야겠다. 좀 늦는다고 해야지."

"뭐라고 하시게요? 수도에 머물고 있다고 거짓말해요?"

"그럴 필요 있냐? 사실대로 말해도 되는데."

수도로 향하던 도중 사령술사들이 사람들을 괴롭히는 걸

발견했다.

제스트라드 남작가의 이름을 걸고 어찌 그 행태를 두고 볼 수 있으랴? 응당 놈들을 응징하는 것이 귀족의 의무가 아니겠는가?

그런 이유로 하토바 교단의 지원 아래 사령술사를 퇴치하고 있다. 덕분에 수도엔 가지도 못했다. 한 석 달 더 이러고 살 테니 기다려라.

"이러면 되지."

"그게 사실대로 말한 겁니까?"

"거짓말은 아니잖아."

"그런가?"

뭔가 아리송하긴 한데 반박을 하기도 애매했다.

바로스도 평생 카르나크만 따라다녔다 보니 일반인의 감성과는 괴리가 꽤 있는 것이다.

"어쨌든 엄청 오래 걸리는 건 아니라 이거죠?"

듣고 싶은 이야기를 들었으니 바로스의 표정이 도로 환해졌다.

'석 달 정도 더 고생하는 거야 할 만하지, 뭘. 게다가 맛집 탐방 다니는 것도 즐거운데.'

미식가 모드로 돌아선 바로스가 눈을 빛냈다.

"오늘 저녁은 스탈 거리에서 해결할까요? 거기 국수 요리 죽이게 하는 집이 있다던데."

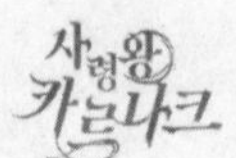

안 그래도 출출하던 참이었다. 카르나크도 싱긋 웃었다.

“가자, 가자.”

보람찬 일과를 마치고 맛집을 찾아 떠나는 발걸음은 어찌 이리 가벼운가!

그렇게 열심히 숙소로 돌아와 옷 갈아입고 도로 나서려던 참이었다.

“카르나크 남작님이시죠?”

웬 평범한 소년 하나가 카르나크를 찾았다.

“하토바 교단의 전갈입니다.”

소년이 편지 하나를 건넸다.

평소에도 알리우스와는 이런 식으로 정보를 주고받았기에 카르나크는 자연스레 편지를 펼쳤다.

옆에서 바로스가 기웃거렸다.

“뭐래요? 네 번째 어둠의 군주님이라도 나타나셨나?”

카르나크가 의아해하는 표정을 지었다.

“알리우스가 얼굴 좀 보자는데? 자세한 이야기는 만나서 하겠대.”

7여신교에서 사령술사를 상대하는 심문관의 위계는 세 단계로 나뉜다.

3급, 교육을 마치고 실무에 갓 투입되는 위계다.

사령술사를 직접 상대하기엔 아직 기량이 낮다. 그래서 보통은 상황이 끝난 뒤 시체 처리나 탁기에 물든 지역을 정화하는 등의 안전한 후속 조치 임무를 맡게 된다.

2급의 위계로 오르면 비로소 실전에 투입된다.

이 위계는 사령술사의 탐색이 가장 주요한 임무다.

증거를 확보한 뒤 교단에 알리는 것이 최우선이지만 상황이 여의치 않을 경우 사령술사와의 직접적인 전투도 벌어지곤 한다.

이 과정에서 희생되는 이들도 상당하기에 교단의 주 전력은 2급 심문관을 지원하는 것을 우선시한다.

1급이 되면 어느 정도 상황을 주도할 수 있게 된다.

사령술사의 탐색, 증거 확보는 물론이고 직접적인 처벌도 가능하며 스스로의 판단에 따라 교단의 자금도 운용할 수 있다.

그래서 1급 심문관은 부족해진 교단의 전력 대신 외부의 힘을 빌린다. 예산을 쓸 권한이 있으니 실력 좋은 모험가를 고용할 수 있는 것이다.

1급의 위계라면 단독으로도 어지간한 사령술사를 상대할 수 있을 정도로 강하니 모험가들과 팀을 이루면 자체적으로 사건을 해결할 수 있었다.

하지만 막상 1급 심문관들은 모험가를 자주 고용하지 않았다. 그보다는 인근 귀족 출신 기사나 마법사의 협력을 받아 사건을 처리하곤 했다.

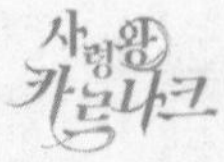

모험가는 돈을 요구하지만 귀족은 명예를 원하니까.

부평초처럼 떠도는 모험가야 그저 현금이 최고겠지만 이미 기득권인 귀족들에겐 영향력이 더 중요하다.

그까짓 돈 몇 푼 받는 것보다는 7여신교와의 관계를 돈독히 하고 명성을 떨쳐 가문의 이름값을 높이는 쪽이 훨씬 이득인 것이다.

이것이 알리우스가 카르나크 일행에게 눈독을 들인 이유였다.

아무리 교단의 예산을 쓸 수 있다고 해도, 이왕이면 돈 안 들이고 사건을 해결하는 게 좋지 않겠는가?

카르나크나 바로스의 강함은 두 눈으로 똑똑히 보았다. 그러니 출신만 확실하다면 이들보다 더 바람직한 협력자도 없을 것이다.

교단으로 돌아가자마자 제스트라드 가문에 대해 알아보았고, 저들이 사령술을 증오하고 있다는 사실도 알았다.

'부모와 형제를 사령술사에게 잃고 영지조차 빼앗길 뻔했다니! 이들이야말로 사령술사를 처단할 분명한 이유가 있지 않은가!'

뭐, 죽은 란돌프는 억울해 팔짝 뛰겠지만 알리우스야 거기까진 알 방법이 없지.

겔파 마을 사건 이후 사흘 뒤, 정식으로 협조 요청을 전했다.

“하토바 교단의 이름으로 부탁드립니다. 데라트 시티에 머무르시는 동안만이라도 교단의 성무를 도와주시면 안 되겠습니까?”

카르나크는 흔쾌히 요청을 받아들였다.

“참으로 영광스러운 일입니다. 제스트라드 가문의 이름을 걸고 기꺼이 돕겠습니다.”

어차피 찾아야 할 종말의 어둠이었다.

어차피 사냥해야 할 사령술사들이었다.

[그런데 공짜로 관련 정보를 넘겨준다니 마다할 이유가 없잖아?]

옆에서 상황을 지켜보던 바로스가 마법 전언으로 물었다.

[마다할 이유 있지 않아요?]

사령술사를 상대하는 교단의 협력자에겐 유능한 심문관을 붙이는 것이 7여신교의 관례다.

[이러면 하토바 교단 쪽 신관이 우리랑 같이 다니게 될 텐데요.]

보는 눈이 있으면 함부로 사령술도 못 쓰고 종말의 어둠을 빼먹는 것도 불편해진다.

이를 지적한 것인데 카르나크는 문제없다는 반응이었다.

[안 그래도 이렇게 나올 것 같아서 상황을 미리 알아봤거든, 내가.]

요새 하토바 교단은 협조자들에게 일일이 심문관을 붙일

여력이 없었다.

사령술사를 상대하는 일인데 아무 신관이나 데려다 쓸 수는 없다. 전문적인 훈련을 받은 성직자여야 한다.

그런데 종말의 어둠 건수가 좀 많아야지?

일손은 적은데 일거리는 많다 보니 하토바 교단뿐 아니라 대부분의 7여신교에선 어지간히 큰 사건이 아니곤 협력자들에게 정보만 제공하고 직접 처리하게 하고 있었다.

[어, 그럼 우리 둘만 다닐 수 있는 겁니까?]

[그렇지!]

심지어 이득은 이걸로 끝이 아니었다.

미안해하며 알리우스가 말을 이었다.

"혹여 아실지도 모르겠습니다만 요즘 사정이 사정인지라 어지간히 큰 사건이 아니고서는 일일이 심문관을 붙여 드리기는 힘듭니다. 대신 사령술에 대항할 성수나 부적 등은 충분히 마련해 드릴 수 있지요. 두 분의 실력이라면 충분하리라 믿고 부탁드리는 겁니다."

[이거 봐! 신관도 안 따라다니는데 성수랑 부적도 공짜로 준댄다!]

다른 이들이라면 고민해 볼 만한 리스크겠지만 두 사람에겐 오로지 득밖에 없는 상황이었다.

이러니 반대할 이유가 있나?

조금의 주저도 없이 승낙하는 카르나크를 보며 알리우스

는 새삼 감탄했다.

'위험을 감수하면서도 거리낌이 없다니 참으로 정의로운 성품이로구나, 그런데 왜 이런 이가 망나니로 소문이 났지?'

예전 일을 떠올리며 바로스가 중얼거렸다.

"분명 알리우스 씨는 어지간히 큰일이 아니고는 심문관 못 붙인다고 했었죠?"

"그랬지."

"그동안은 계속 서편으로 사령술사에 대한 정보를 보내 줬고요."

아까 받은 편지는 평소와는 내용이 좀 달랐다.

이제까진 데라트 시티 인근에서 출몰하는 사령술사의 소문 중 실존 가능성이 높은 것에 대한 정보를 주로 보내왔다.

반면 지금은 딱히 그런 내용이 없다. 그냥 직접 만나 이야기하겠다는 것이 전부다.

정보 유출을 경계하고 있다는 의미였다.

"그렇다는 건……."

저녁놀이 지는 데라트 시티의 거리는 꽤나 분주했다.

완전히 해가 지기 전 귀가하려는 인파 사이로 계속 걸음을 옮기며 바로스가 말을 이었다.

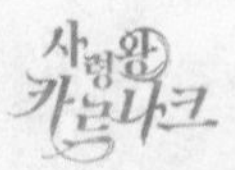

"어지간히 큰일이 터졌다는 소리일까요, 이거?"

"아무래도 그렇겠지?"

카르나크는 어깨를 으쓱였다.

"꽤나 급한 일인 것 같기도 하고. 평소엔 이렇게 빨리 다음 연락을 취하지 않았잖아."

보통은 사령술사를 하나 처리하면 사흘 정도 여유가 있었다. 그런데 지금은 루크를 처리하고 교단에 알린 뒤 반나절도 지나지 않았는데 연락이 왔다.

바로스가 눈살을 찌푸렸다.

"괜찮은 겁니까? 큰일이 터졌다면 심문관이 옆에 붙을 수도 있다는 거잖아요. 아니, 상황을 보면 알리우스 씨가 직접 나설 가능성이 제일 크겠네."

"물론 나도 신경은 좀 쓰이지만……."

근심하는 바로스를 향해 카르나크가 씩 웃었다.

"반대로 생각하면 좋은 일일 수도 있지. 오죽 큰일이면 직접 만나서 이야기하자고 하겠냐?"

큰 힘에 큰 사건이 따라오듯, 큰 사건에는 큰 콩고물이 떨어지는 법이다.

슬슬 거리 저편으로 하토바 교단의 신전이 시야에 들어오고 있었다.

기대감 어린 어조로 카르나크가 말했다.

"잘하면 한 방에 어둠의 군주 열 놈 정도는 채울 수 있지 않겠어?"

⁂

하토바 신전에 도착한 카르나크와 바로스는 곧바로 접견실로 안내되었다.

방에 들어서자 알리우스가 반갑게 맞이했다.

"어서 오십시오, 두 분."

접견실엔 알리우스 말고도 두 사람이 더 있었다.

30대 중반 정도로 보이는 로브 차림의 사내와 경장갑을 갖춘 탄탄한 몸매의 20대 미녀였다.

카르나크가 조심스레 물었다.

"이분들은?"

복장 덕분에 사내가 마법사이고 여인이 검사라는 건 알겠는데, 둘 다 처음 보는 얼굴이었다.

갈색 머리의 사내가 먼저 인사를 건넸다.

"명성이 자자한 두 분을 뵙게 되어 영광입니다, 카르나크 공, 바로스 경. 6서클에 종사하는 릴테인이라고 합니다."

바로스가 알은척을 했다.

"아, 상급 마법사 릴테인 님이셨군요."

슬쩍 카르나크가 마법 전언을 날렸다.

[아는 사람이야?]

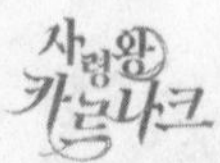

[우리 경쟁자요. 왜, 알리우스 씨의 협력자 중 도련님 말고도 고위 마법사 하나 있다 했잖아요?]

[아, 두 번이나 선수 친 그 양반이구만?]

이제야 카르나크도 기억이 났다.

알리우스에겐 카르나크 일행 말고도 몇몇 협력자가 더 있었다. 그중에서 특히 두각을 나타내는 이가 바로 저 릴테인이었다.

그가 여태 사냥한 사령술사의 수는 무려 여덟. 숫자만 치면 카르나크보다도 많은 것이다.

릴테인은 오히려 이쪽을 놀라워하는 것 같았지만.

“고작 두 달도 되지 않아 사령술사 놈들을 여섯이나 처리하셨다지요? 참 인상 깊은 솜씨였습니다.”

“어쩌다 보니 운이 좋았지요.”

마음에도 없는 겸손을 떨며 카르나크는 릴테인을 살폈다.

마나를 가라앉힌 상태라 정확히는 알 수 없지만 흘러나오는 기운만으로도 대충은 실력을 짐작할 수 있다.

‘아무래도 갓 6서클에 오른 모양이군. 아직 마력이 안정되지 않았어.’

그렇다 해도 데라트 시티 인근에서는 첫손가락에 꼽히는 강자였다.

마나를 체내의 구상 공간인 마나홀에 흘려 원형의 술식, 서클을 그려 냄으로써 현실에 이적을 실현하는 행위가 바로 마법.

강한 마법일수록 더 많은 마나와 더 복잡한 술식을 요구한다.

마법사는 서클의 숫자를 늘려 보다 고도의 마법을 시현하고, 이 서클의 숫자에 따라 마법의 경지가 나뉘게 된다.

1~2서클.

입문의 경지로 보통 견습 마법사라 불린다. 마법을 사용할 순 있지만 마법사라고 당당히 이름을 걸긴 힘든 경지다.

3~5서클.

정규 마법사라 불리며 가장 많은 이들이 머무르고 있는 경지다. 실생활에 쓸모 있는 마법은 물론 살상력이 있는 전투용 마법도 어느 정도 구사할 수 있다. 사람들도 마법사라고 하면 다들 이 정도 경지를 떠올린다.

6~8서클.

상급 마법사라 불리며 어딜 가도 대우받는 위치에 속한다. 단신으로 수십 명을 학살할 수도 있고 여럿이 모이면 전장의 승패를 주도할 정도의 위력도 보인다. 오러 유저와 비견되는 전투 마법사이기도 하다.

그리고 9서클.

마스터의 칭호를 지닌, 대륙 전역에 명성을 떨친 강자들이다. 일국의 궁정 마법사나 마법사단의 단장, 혹은 이름 높은 마탑의 주인들이 이 경지에 올라 있다.

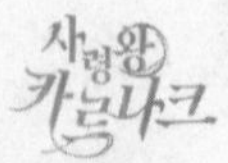

마지막으로 인간의 한계를 초월한 궁극의 영역인 10서클이 있다.

대륙을 통틀어 오직 셋밖에 없는 존재로, 3인의 대마법사라 불린다. 기존의 마법과는 비교조차 불허하는, 차원이 다른 권능을 구사하는 절대적인 존재다.

현재 카르나크는 4서클의 종사자로 행세하고 있었다. 평범한 정규 마법사인 셈이다.

그에 비해 6서클의 릴테인은 훨씬 윗줄의 마법사였다.

'뭐, 어디까지나 혼돈마력에만 한정했을 때의 이야기지만 말이지.'

한편 바로스는 여인 쪽을 신기한 듯 바라보고 있었다.

[저 아가씨는 모르겠네요. 알리우스 씨의 협력자 중 저런 미녀 검사가 있었나?]

화려한 붉은 머리에 은은한 적갈색 눈동자, 나라를 뒤집을 정도의 엄청난 미녀는 아니지만 상당히 예쁜 얼굴이었다.

육체 역시 오랜 시간 단련했음이 분명했다. 야생마 같은 생동감이 경장갑 위로도 여실히 드러나고 있었다.

[저런 외모에 저 정도의 기량이면 알려지지 않을 리가 없을 텐데요.]

과연 그녀는 유명인이었다.

바로스는 물론이고, 딱히 타인에게 관심이 없는 카르나크조차도 이름을 들어 보았을 정도로.

"모험가 길드 소속, 세라티 알렌입니다."

여인의 소개에 카르나크가 살짝 놀랐다.

"아, 세라티 경이셨군요. 명성은 익히 들었습니다."

도시 여기저기 맛집 탐방을 다니다 보면 이래저래 거리의 소문을 듣기 싫어도 듣게 된다.

저 여인은 요즘 가장 화제가 되고 있는 모험가였다.

평민의 여식으로 태어나 여성에겐 불리하다는 무인의 길을 선택, 20살이 되던 해부터 모험가로 명성을 떨쳤으며 최근엔 모든 기사들의 꿈이라는 투기마저 각성해 버린, 그야말로 하늘이 내린 천재가 바로 그녀다.

세라티가 고개를 저으며 겸양을 표했다.

"전 일개 모험가에 불과합니다. 기사도 아닌데 경이라는 호칭은 가당치 않아요."

"오러 유저는 마음만 먹으면 언제든지 서임을 받을 수 있지 않습니까?"

"운 좋게 남들보다 조금 일찍 투기에 눈을 떴을 뿐입니다. 아직 갈 길이 멀지요."

단순히 예의를 차리는 것이 아니라 진심으로 그렇게 생각하고 있는 듯했다.

하긴, 오러 유저 중에서는 이제 갓 걸음마를 뗀 수준에 불과하다. 가장 초입인 레드 나이트의 경지에 불과하니 본인은 여전히 미숙함을 느끼고 있겠지.

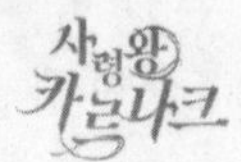

게다가 카르나크 기준에선 딱히 대단한 수준도 아니다.

'저 나이에 저 정도면 천재가 맞긴 하지만 저 수준의 재능은 대륙 전체를 훑어보면 족히 세 자릿수는 나오지.'

어쨌거나 이 근처에선 유명인이니 그에 어울리는 반응을 보여 줘야 한다.

카르나크가 호들갑을 떨었다.

"저희 같은 필부가 명성이 자자한 오러 유저를 직접 뵙다니 참으로 영광입니다."

그러자 세라티가 어이없다는 표정을 지었다.

"필부라니요, 여러분처럼 유명하신 분들이 무슨 말씀을?"

"유명?"

"우리가요?"

카르나크와 바로스의 눈이 동그래졌다.

[아니, 우리가 뭘 했다고 유명해져?]

[그러게요. 그냥 삼류 몇 놈 담근 것밖에 없는데.]

릴테인이 옅은 미소를 지었다.

"참으로 담백한 성정이시군요. 고작 두 달 만에 그 많은 사령술사들을 잡고도 유명해지지 않을 줄 아셨습니까?"

"아, 그게……."

바로스는 머리를 벅벅 긁었다.

'생각해 보니 화제가 될 일이긴 하구나.'

자신들이야 사령술이 워낙 익숙해 쉽게 처리할 수 있었지만, 사실 삼류 사령술사만 되어도 어지간한 일류 마법사 이상의 힘을 지니고 있다.

이들이 쉽게 붙잡은 루크만 해도 평범한 기사나 마법사라면 5~6명은 족히 달라붙어야 해치울 수 있는 것이다.

그걸 이 짧은 시간에 그리도 많이 처리했으니, 덕분에 현재 카르나크와 바로스는 하토바 교단의 어둠사냥꾼으로 데라트 시티 인근에서 상당한 명성을 떨치고 있었다.

[유명해져도 되는 겁니까, 도련님? 예전처럼 살지 말자고 했잖아요.]

전생 때는 유명하다 수준을 아득하게 넘어 아예 온 세상에 카르나크를 모르는 이가 존재하지 않았다.

전 인류가 공포와 증오를 담아 사령왕의 파멸을 부르짖곤 했었으니까.

[이건 악명이 아니니까 괜찮지 않을까?]

[그렇죠? 우리 예전처럼 사는 거 아니죠?]

한 번 더 확인하고서야 바로스가 한숨을 푹 내쉬었다.

[하이고, 사람답게 살기 어렵네요.]

[그러게 말이다. 뭐 이리 신경 쓸 게 많은지.]

어쨌든 알리우스 입장에서 거물들을 섭외했다는 것은 틀림없는 사실이었다.

6서클의 마법사에 오러 유저라면 어딜 가도 대접받는 강자들이다.

카르나크가 진지한 표정으로 물었다.

"이거 보통 큰일이 아닌 모양이군요?"

"예."

고개를 끄덕이며 알리우스가 자리를 권했다.

"일단 앉으시죠."

대륙 서부에 위치한 7왕국 연합, 개중 북부의 유스틸 왕국과 북서부의 타룸 왕국 사이에 트리스트라는 도시가 존재한다.

이 도시는 정해진 주인이 없다.

그저 주인이 되고자 하는 이들만 득실거릴 뿐.

원래 트리스트 시티는 유스틸과 타룸이 세운 일종의 완충지대였다.

오랜 영토 분쟁으로 지친 양국이 각자 자국의 귀족 방계를 내세워 혼인을 시킨 뒤 트리스트 백작가를 설립, 트리스트 백국이라 명하고 중립 지역화한 것이다.

문제는 트리스트 백국이 강을 끼고 세워진 지리적 위치상 교역의 이권이 상당하다는 점이었다.

애초에 워낙 요지 중의 요지라 양국이 서로 먹으려고 전쟁까지 일으킨 것이니까.

워낙 돈도 사람도 몰리는 곳이니 이를 제대로 관리하려면 상당한 능력과 실력을 지니고 있어야 한다.

하나 트리스트 백작가엔 그 정도의 역량이 없었다. 처음부터 허수아비로 세워진 가문이다 보니 어쩔 수 없는 일이었다.

그렇다고 유스틸 왕국이나 타룸 왕국의 힘을 빌리지도 못했다. 양국 모두 상대의 눈치를 보느라 함부로 개입할 수 없었다.

허울뿐인 지배자 대신 각종 세력들이 이권 다툼을 벌였으니 도시가 엉망이 되는 것은 시간문제였다.

범죄자와 밀수꾼이 판을 치며 하루가 멀다 하고 피바람이 불었다.

그렇게 수십 년이 지난 지금, 이제 세인들은 더 이상 이곳을 트리스트 백국이라 부르지 않았다.

죄악의 도시, 인세의 마경, 무법자의 천국.

이것이 현재의 트리스트 시티를 칭하는 수식어였다.

"얼마 전까지만 해도 트리스트 시티는 두 가문이 양분하고 있었습니다."

상황을 설명하며 알리우스는 말을 이었다.

"란펠트 가문과 플라드 가문이지요."

양 가문 모두 밀수와 매춘 관련 조직에서 출발한 천한 신분이었다.

하나 세력이 커진 후로는 자신들이야말로 진정한 트리스트 백작가의 후예라며 알력 다툼을 벌이는 중이었다.

"아주 거짓말도 아니긴 합니다. 양 가문 모두 트리스트 백작가의 피가 흐르고는 있거든요."

양쪽 다 몰락한 백작가의 후예를 가문에 들여 혈통을 잇게 한 뒤 명분을 챙긴 것이다.

물론 유스틸 왕국이나 타룸 왕국이 이를 인정하지는 않았다.

어차피 양 왕국 입장에서는 전통도 없는 백작가의 핏줄 따위 큰 의미가 없다. 중요한 것은 누가 트리스트 시티를 확실히 관리할 수 있느냐다.

누구든 상관없으니 도시를 확실히 장악해라.

그러면 그놈, 백작으로 인정해 줄게.

대놓고 말하진 않았지만 이것이 유스틸과 타룸 양국의 제안이었다.

덕분에 란펠트와 플라드, 양 가문은 수십 년에 걸쳐 죽고 죽이는 암투를 이어 오고 있었다.

"워낙 양쪽의 세력이 팽팽해 균형이 쉽게 무너지지 않았으니까 말입니다."

알리우스가 목소리가 낮아졌다.

"……그런데 얼마 전, 그 힘의 균형이 깨졌습니다."

종말의 어둠이 창궐한 탓이었다.

트리스트 시티 같은 무법 지역이야말로 사령술사가 암약하기 딱 좋은 장소다.

당연히 온갖 사령술사들이 추적을 피해 트리스트 시티로 모여들었다. 그리고 자연스럽게 도시를 지배하던 기존 세력과 충돌했다.

주로 부딪친 쪽은 플라드 가문이었다.

사령술사들이 주로 노리는 것은 제물로 삼을 인간의 목숨이다. 밀수를 중심으로 하는 란펠트 가문은 딱히 충돌할 일이 적다.

반면 매춘과 노예 사업을 벌이던 플라드 가문과는 영역이 겹친다.

"그래서 주로 플라드 가문이 사령술사들을 상대했다고 합니다."

문제는 그 과정에서 상당수의 사령술사들이 가문에 영입되었다는 점이다.

"사령술 같은 용서받지 못할 힘이라도 서들에겐 꽤 매력적으로 보였나 봅니다."

사령술사들도 의외로 쉽게 영입 제안을 받아들였다.

아무리 어둠의 군주니 뭐니 해도 원래는 그냥 빌빌대고 살던 삼류 인생일 뿐이었다. 돈과 여인, 향락을 안겨 주니 바로 넘어가 버렸다.

"우연히 힘을 얻었을 뿐인 하찮은 자들이니 당연하겠지요."

노골적인 경멸을 드러내며 알리우스는 설명을 이어 갔다.

"사령술의 힘을 얻은 플라드 가문은 팽팽하던 균형을 깼습니다. 매섭게 란펠트 가문을 몰아치며 트리스트 시티의 전권을 장악해 갔지요."

"그렇군요."

이야기를 듣던 세라티가 고개를 끄덕이며 물었다.

"그럼 현재 트리스트 시티는 플라드 가문이 장악했겠군요?"

그리고 저 플라드 가문을 응징하기 위해 자신들이 모였으리라.

그렇게 생각했는데, 알리우스가 고개를 저었다.

"아니요, 승리한 쪽은 란펠트 가문입니다."

"네?"

당황한 세라티를 향해 그는 고소를 지었다.

"꼬리가 길면 밟히는 법이라지요?"

몰리던 란펠트 가문이 상대에게서 사령술의 흔적을 발견, 예전부터 관계를 맺던 하토바 교단에 그 사실을 알린 것이다.

일단 사령술의 존재가 확인되자 대지의 교단은 바로 움직였다. 란펠트 가문 역시 평소와 달리 전적으로 협조했다.

현지의 협력을 얻어 교단은 매섭게 플라드 가문을 몰아쳤다.

"결국 오랜 암투는 란펠트 가문의 승리로 끝났습니다. 사령술과 관련된 이들은 모두 처형되었고 플라드 가문은 몰락해 간신히 명맥만 남아 있지요."

이해가 안 가 릴테인이 물었다.

"그럼 저희를 부르신 이유는 뭡니까? 이미 상황 다 끝났다는 소리가 아닙니까?"

"하아, 그게 말입니다……."

알리우스가 깊은 한숨을 내쉬었다.

"트리스트 시티를 장악한 란펠트 가문 쪽도 사령술사를 부리고 있다는 의심을 사고 있거든요."

란펠트나 플라드나 범죄 조직이긴 마찬가지다.

그놈이 그놈인데 한쪽만 선량하고 도덕적으로 움직일 리가 있나?

란펠트 가문도 플라드 못지않게 사령술사들을 열심히 영입했던 것이다.

차이점이 있다면, 사령술의 힘에 취한 플라드와 달리 란펠트는 최대한 저들의 존재를 숨긴 채 움직여 왔다는 점.

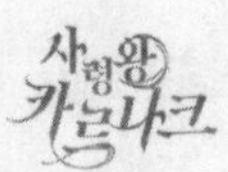

이것이 초반에 란펠트 가문이 힘없이 밀린 이유였다.

"지금 생각해 보면, 애초에 이것이 그들의 노림수였던 것 같습니다. 7여신교의 힘을 빌려 상대를 확실히 처리하고 자신들은 힘을 유지할 속셈이었겠지요."

마법사 릴테인이 기막혀하며 물었다.

"그러니까, 자기들도 사령술사를 부리는 주제에 상대를 사령술사로 고발했다는 겁니까? 교단의 신관들도 그 사실을 알아차리지 못했고요?"

"종말의 어둠을 지닌 사령술사들끼리의 전투는 피아 식별이 불가능하다는 문제가 있습니다. 교단에서도 이번에 알아차린 사실이지요."

사령술을 구사하면 주위에 흔적이 여실히 남는다. 7여신교가 사령술사를 색출하는 가장 주요한 방법이기도 하다.

"그런데 양쪽 모두 사령술을 써도 흔적은 똑같은 종말의 어둠밖에 남지 않는 겁니다. 이긴 쪽이 상대를 사령술사라고 고발해도 교단 입장에선 딱히 의심을 하지 않았지요."

"여신을 두려워하지 않는 그 무도함이라니, 정녕 용서받지 못할 자들이군요. 하하……."

릴테인이 헛웃음을 흘릴 때였다.

얌전히 듣고 있던 세라티가 문득 옆을 보며 의아해했다.

"바로스 경은 왜 그렇게 땀을 흘리세요?"

"네? 아, 아뇨, 그냥 좀 더워서요."

"더우세요? 오늘은 오히려 쌀쌀한 날씨인데."

"제가 몸에 열이 좀 많아서……."

"……?"

아무래도 찔리는 게 있다 보니 표정 관리가 안 되는 것이다.

애써 변명하며 바로스는 열심히 카르나크의 눈치를 보았다.

'도련님은 표정 관리 잘되시나?'

카르나크는 미동도 하지 않았다.

정말이지 눈썹 한 올 움직이지 않는다. 누가 봐도 결백, 관련 없음 그 자체다.

심지어 저 사이에 끼어서 같이 혀를 차고 있다.

"그래서 사령술사들은 상종 못 할 존재라 하는 것 아니겠습니까? 놈들을 같은 인간으로 취급하면 곤란하지요."

바로스는 감동했다.

'와, 저 뻔뻔한 인간 보소?'

역시 100년 넘게 얼굴에 철판 깔고 산 양반의 연기력은 보통이 아니었다.

그저 혐오스럽다는 표정만 지은 채 카르나크가 말을 이었다.

"결국 현 상황은 이렇게 된 것이군요."

겉으로는 7여신교의 힘을 빌리고 뒤로는 사령술사들을 부

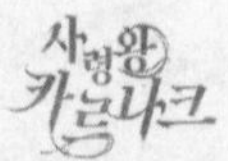

려 란펠트 가문은 역전에 성공했다. 그렇게 명실공히 트리스트 시티의 유일한 주인이 되었다.

"그렇다면 공개적으로 란펠트 가문을 사령술 건으로 조사할 순 없겠군요. 이미 무고하다는 판단을 내린 하토바 교단의 체면이 손상될 테니까요."

"그렇습니다. 제가 여러분을 모은 이유이기도 하지요."

일을 크게 벌이지 않으려면 다수의 병력을 투입하는 것보다 소수의 강자들을 움직이는 쪽이 낫다.

"하토바 교단의 실수이니 어떻게든 저희 손으로 마무리 지어야 한다는 것이 상부의 의견입니다. 단순한 체면치레 문제를 떠나 교단의 신뢰가 걸려 있으니까요."

알리우스의 말에 모두의 표정이 진지해졌다.

애초에 인간사에서 체면이 중요시된 이유는 잃었을 때의 실질적인 손해가 분명히 존재하기 때문이다.

체면이 손상된다는 건 신뢰가 손상된다는 것이고, 신뢰를 잃으면 그만큼 타인의 협력을 얻기도 어려워지며, 협력을 얻기 어려워지면 사령술사를 붙잡는 일 또한 힘들어지니 그 과정에서 억울한 희생자를 늘리게 된다.

"과하면 독이 되지만 필요한 만큼은 반드시 지켜야 하는 것이 바로 체면인 법이죠. 상황은 이해했어요."

상황을 파악한 세라티가 앞으로의 일을 물었다.

"그럼 우리는 언제 출발하나요?"

"내일 아침 바로 움직일 생각입니다."

"급하게 움직이시네요? 하긴, 오늘도 꽤나 다급하게 저희를 모으셨지요."

"그럴 이유가 있습니다."

알리우스가 사정을 설명하기 시작했다.

"실은, 란펠트 가문을 탐색하려는 시도가 이번이 처음이 아닙니다."

이미 하토바 교단은 몇 차례 인원을 투입해 란펠트 가문을 수색하려 했다. 그리고 전원 소리 소문 없이 사라졌다.

"어느 순간 연락이 완전히 끊겨 버렸지요. 그야말로 허공에서 증발된 것처럼."

희생자들은 어설픈 초짜들이 아니었다. 숙련된 어둠사냥꾼이자 경험 많은 모험가들이었다.

그런 이들을 아무 흔적 없이 지워 버린다는 건, 아무리 란펠트 가문이 한 도시를 장악하고 있다 해도 쉬운 일이 아니다.

카르나크가 그 점을 짚었다.

"이쪽의 정보가 새어 나가고 있군요?"

"네."

부끄럽다는 듯 알리우스가 목소리를 낮췄다.

"현 란펠트 가문의 제일 큰 용의자 중 1명이 하필 저희 교단 관계자라서 말입니다."

협의가 걸린 이는 트리스트 교구의 교구장, 슈트라프 주교였다.

하토바 교단 내에서도 고위직의 성직자로, 란펠트 가문을 도와 플라드 가문을 몰아치는 데 선봉의 역할을 했던 이이기도 하다.

"뒤늦게 이 사실을 알아챘지만 감히 공론화시킬 수 없었습니다. 하토바 교단의 성직자가 사령술사와 손을 잡고 있다는 뜻이 되니까요."

그래서 이 작전은 어디까지나 알리우스 독단이라고 했다. 심지어 상관인 데라트 시티의 교구장에게도 알리지 않았다고.

"다행히 저는 1급 심문관이라 이 정도의 권한은 있으니까요. 나중에 사후 보고를 올려도 문책당할 일은 없습니다."

그가 세운 계획은 이것이었다.

대외적으로는 알리우스며 카르나크 일행, 릴테인과 세라티가 따로 움직인다. 저마다 평소처럼 인근의 사령술사를 탐색하는 척하는 것이다.

어차피 요즘은 대륙 어느 곳이건 사령술에 대한 소문이 넘쳐 나니 이런 움직임은 전혀 이상할 것이 없다.

"그리고 도중에 합류해 정체를 감춘 뒤 트리스트 시티로 향하는 거죠. 도시에 잠입해 란펠트 가문의 꼬리를 잡을 셈입니다."

세라티의 안색이 굳었다.

"위험한 일이네요."

그녀뿐 아니라 이 자리에 모인 이들은 틀림없이 사령술사를 상대하는 전문가들이다. 그동안 알리우스에게 협조하며 익히 증명을 해냈다.

하지만 이번 적은 사령술사뿐만이 아니다.

한 도시를 수십 년 가까이 지배해 오던 거대한 세력이 진정한 상대.

"도시 전체가 적이 될 수도 있다는 의미 아닌가요?"

"그래서 여러분을 부른 겁니다."

란펠트 가문을 벌하는 게 목적이 아니다.

어디까지나 란펠트 가문을 벌할 '증거'를 찾는 것이 목표일 뿐.

신뢰의 눈빛으로 알리우스가 좌중을 돌아보았다.

"여러분이라면 최악의 상황에서도 자기 몸 하나는 빼낼 수 있을 테니까요."

다음 날 아침, 알리우스와 릴테인, 세라티와 카르나크 일행은 예정대로 데라트 시티를 출발했다.

그 과정에서 각자 동서남북으로 나뉘어 따로 움직였다.

보란 듯이 신관복이며 마법사의 로브, 기사의 갑옷을 걸친 것은 물론이다.

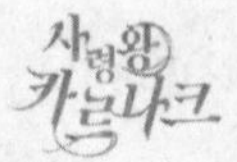

그렇게 데라트 시티를 떠나 반나절 정도 움직이다 다시 경로를 바꾸었다.

미리 약속한 곳에서 다시 합류한 뒤 각자 준비한 옷차림들을 꺼냈다.

“자, 그럼 위장합시다.”

알리우스는 신관복 대신 여행자 복장을 취했다. 신관의 지팡이도 허름한 조각을 덧붙여 평범한 모습으로 바꿨다.

카르나크와 릴테인은 쉬웠다. 그냥 마법사 로브 벗고 완드만 숨기면 그만이니까.

바로스와 세라티는 조금 까다로웠다.

바로스의 경우, 갑옷을 벗어도 워낙 덩치가 커 단련한 티가 났다. 덩치를 줄일 순 없으니 대신 품이 넓은 코트로 전신을 가리고 성인 장정만 한 배낭을 짊어져 일꾼으로 위장했다.

세라티는 지나치게 예쁘다는 게 문제였다.

행상 중 여성이 없는 것은 아니지만 그녀 정도의 미녀라면 이야기가 달라진다. 외모만으로 시선을 끌게 되는 것이다.

그렇다고 평범한 얼굴로 변장하는 것도 위험했다.

변장했다는 사실만으로도 의심을 받을 테니까.

특히나 이제 가게 될 트리스트 시티는 온갖 범죄자들의 소굴이니, 변장을 알아챌 가능성도 높다.

알리우스는 이 역시 염두에 두고 있었다.

"어차피 수상해 보일 거라면, 처음부터 수상할 만한 이유를 만들어 주면 되지요."

그래서 세라티는 얼굴에 옅은 화장을 하고, 손에는 고운 장갑을 끼고, 정작 복장은 허름한 여성용 여행복을 걸친 어색한 차림이 되었다.

정체를 숨기고 몰래 돌아다니는 전형적인 귀족 영애의 모습이었다.

"아, 얼굴에 이런 거 발라 본 적 없는데……."

화장이 어색한 듯 연신 뺨을 만지는 세라티를 보며 릴테인이 빙그레 웃었다.

"과연, 이렇게 하면 의심을 받아도 별문제가 없겠군요."

모르는 사람이 보면 그냥 평범한 행상 일행일 것이요, 경험 많은 사람이 보면 사연 있는 귀족 영애를 모시기 위해 변장한 이들로 보이겠지.

어느 쪽이건 진짜 정체는 숨길 수 있게 된다.

그렇게 위장을 마친 뒤 카르나크 일행은 트리스트 시티가 위치한 북서쪽으로 경로를 잡았다.

산길을 따라 걸음을 옮기며 바로스가 투덜거렸다.

"도보로 이동해야 하니 시간이 꽤 걸리겠네요."

미안해하며 알리우스가 대꾸했다.

"죄송합니다. 말을 타고 움직이면 눈길을 끌 수밖에 없어서요."

말이란 물건은 워낙 값비싼 것이라 타고 다니는 것만으로도 눈길을 끄는 법이다. 평범하게 위장했으니 평범하게 고생하는 수밖에.

의외로 카르나크는 괜찮다는 반응이었다.

"난 이것도 나쁘지 않은데?"

전생의 그는 몸 힘든 짓은 죽어도 안 하는 성격이었다. 오죽하면 이런 소리까지 할 정도였다.

—난 아무리 운동해도 땀이 안 나는 체질이야!

오죽 몸을 안 움직였으면 저런 줄 알고 살았을까?

과거의 카르나크에게 육체란 거추장스러운 장애물, 두뇌 활동에 지장을 주는 하찮은 저주에 불과한 것이었다. 그러니 부담 없이 언데드로 자신을 바꿔 버릴 수 있었다.

반면 지금은 다르다.

—오! 소중한 육체! 아끼고 다듬어야지.

꾸준한 운동으로 건강을 되찾고, 건강해지니 그만큼 컨디션도 좋아지고, 땀 흘리고 나서 먹는 식사의 즐거움도 알게 되었다.

여행하는 와중에도 꼬박꼬박 식도락을 챙길 정도로 말이

지.

"자, 식사합시다!"

점심때가 되자 칼같이 카르나크가 일행을 환기시켰다.

적당히 관로 근처의 나무 아래 모여 앉아 식료품을 꺼낸다.

보통 여행자들의 식사라면 건과, 비스킷, 말린 육포 등등이겠지만…….

"케이퍼를 넣은 우설 테린 샌드위치입니다!"

"루콜라 퓌레와 아카시아튀김을 곁들인 비둘기구이입니다!"

"화이트 와인과 후추로 맛을 낸 민물가재찜입니다!"

바로스의 배낭에서 나온 것은 데라트 시티의 고급 맛집 명물들이었다.

하나같이 보존성과 휴대성은 개나 줘 버린 메뉴들인 것이다. 적어도 이런 길바닥에서 나올 물건들은 절대 아니었다.

알리우스가 어이가 없어 뇌까렸다.

"……누가 보면 도시락만 싸 오신 줄 알겠네요."

"든든하게 먹어야 힘이 나죠!"

"……정말 도시락만 싸 오신 건 아니죠?"

"맞는데요?"

설마 싶어 배낭 안을 들여다보니 정말 안에 포장 음식만 가득 들어 있었다. 성인 장정 1명이 통째로 들어갈 만한 저

거대한 배낭에 말이지.

"갈아입을 옷은요?"

"입던 거 빨면 됩니다!"

"해지면요?"

"꿰매면 되죠!"

"갑옷이나 무기는……."

"코트 안에 입고 있습니다! 안 벗으면 돼요!"

"그래도 그런 차림이면 너무 힘들지 않습니까?"

"맛있는 거 먹으면 없던 힘도 납니다!"

"……."

알리우스는 침묵했다.

뭔가 아닌 것 같은데 워낙 논리 정연(?)하니 반박할 수가 없었다.

세라티도 어이없어하긴 마찬가지였다.

"앞으로 사나흘은 더 움직여야 하는데 음식이 상하지는 않을까요?"

바로스는 그 점도 대비해 두었다.

"도련님께서 미리 보존 마법을 걸어 두셨습니다!"

릴테인이 기겁하며 물었다.

"이 많은 음식에 일일이 보존 마법을 걸었다고요?"

보존 마법 자체는 3서클의 주문이라 그 역시 사용할 수 있다. 그럼에도 보존식을 챙겨 온 이유는…….

"세상에, 하루 종일 매달려도 모자랐을 텐데요?"

보존 마법은 즉발 주문이 아니라 장시간의 캐스팅을 요하는 마법인 것이다.

6서클의 마법사가 음식 1인분을 사흘간 보존시키려면 마법만 1시간을 걸고 있어야 한다. 보존 마법이 있음에도 보존식이 여전히 유용한 이유이기도 하다.

'대단하긴 한데, 굳이 그렇게까지 해야 하나?'

카르나크가 당당하게 대꾸했다.

"공을 들여야 좋은 음식을 먹지 않겠습니까?"

"아, 예……."

사실 카르나크 수준에선 저렇게까지 오래 안 걸린다.

'내가 지금 마력이 부족할 뿐이지 연산력이 달리진 않거든.'

마력량 때문에 4서클까지밖에 쓸 수 없지만 경지 자체는 이미 대마법사조차 초월한 그였다. 릴테인이라면 하루 종일 걸릴 마법도 10분 안짝으로 해결할 수 있었다.

덕분에 분위기는 꽤나 화기애애했다.

카르나크도 바로스도, 맛있는 음식을 자신들만 먹는 야박한 성격은 아니었으니까.

"같이 드실래요?"

"감사해요!"

맛있는 거 마다할 인간은 세상에 없는 법이다.

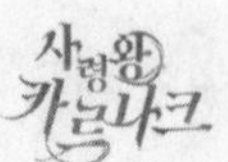

바로스의 제안에 세라티가 반색을 하며 샌드위치를 받아들었다. 덕분에 초면이었던 이들의 거리감도 상당히 좁아졌다.

샌드위치를 오물오물 씹으며 세라티는 새 일행을 찬찬히 살폈다.

얼핏 보기엔 딱히 특이할 게 없는 이들이었다.

한 영지의 영주와 그 수행 기사, 흔하다면 흔한 조합이다.

실력 역시 나이에 비해 제법 강한 전사와 마법사지만, 오러 유저인 세라티에 비하면 분명 평범하다.

'그런데도 사령술사들을 그리 쉽게 잡아들였단 말이지?'

워낙 서둘러 움직인 탓에 대련 한번 제대로 못 해 봤으니 실력이 궁금하다.

대체 어느 정도의 실력자일까?

'지금까지 봐 온 바로는 그냥 밥에 환장한 인간들 같은데…….'

식사 시간을 제외하곤 평범한 여정이었다.

행상으로 위장한 카르나크 일행은 유스틸리아 관로를 따라 계속 북서쪽으로 향했다.

그렇게 나흘이 지나고, 마침내 이들은 트리스트 시티에 도착했다.

오는 내내 카르나크는 생각했다.

'죄악의 도시라니, 이름 한번 거창하게도 붙였다.'

도시의 슬럼가는 익숙하다. 카르나크와 바로스도 전생 땐 뒷골목을 전전하며 살곤 했으니까.

대륙 곳곳의 유수한 도시들을 다 겪어 본 그에게 이런 촌구석에서 죄악의 도시니 뭐니 불러 봐야 감회가 있을 리가?

세상 어딜 가건 법의 사각은 있게 마련이고 치안이 엉망인 곳도 얼마든지 흔한데 그걸 가지고 참 유난 떤다 싶었다.

'그래 봐야 다 사람 사는 동네인데, 뭘.'

……라고 생각했는데, 트리스트 시티는 일단 겉보기부터가 남달랐다.

도시의 기본 골조 자체는 그럴듯하다.

원래는 유스틸 왕국의 서부 전선이었다 보니 튼튼한 석조 건물들이 도처에 세워져 있고 거리도 제법 돌로 포장되어 있다.

하지만 그 모든 것이 반쯤 무너진 상태였다.

그 폐허를 널빤지며 통나무로 대충 수습해 사람들이 살아가는 것이다.

폐허라기엔 지나치게 멀쩡하고, 도시라기엔 지나치게 황폐했다.

버려졌다기에는 지나치게 사람들이 많고, 활기차다기에는 지나치게 분위기가 암울하다.

"이거 참…… 인상 깊은 도시로군요."

"괜히 죄악의 도시라 불리는 게 아니죠."

계속 걸음을 옮기니 시장이 나왔다.

시장 역시 무너진 건물을 대충 보수하고 가판이며 천막이 사방에 널린 형태였다. 기시감이 느껴져 카르나크는 실소했다.

'이거 완전, 제국의 암시장 같은 분위기로군.'

암시장과 다른 점은 아직 해가 떠 있다는 것뿐이다.

저녁 시간이라 그런지 시장 곳곳에 장을 보러 나온 아낙들이 많았다. 다들 평범하게 장바구니를 들고 다니는 모습에 세라티가 중얼거렸다.

"무법 지대라더니 어느 정도 치안은 유지되나 보네요?"

알리우스가 피식 웃었다.

"치안은 자급자족이라더군요."

"네?"

이게 뭔 소린가 싶어 세라티가 눈을 동그랗게 뜰 때였다.

갑자기 누더기 차림의 한 소년이 길 가던 아주머니의 장바구니를 날치기했다.

"에잇!"

대뜸 달려가 손칼로 줄을 끊고 바구니를 낚아채 바람처럼 질주하는데 그 솜씨가 예사롭지 않다!

릴테인과 세라티가 놀라 중얼거렸다.

"날치기?"

"이렇게 사람이 많은데요?"

반면 카르나크와 바로스는 놀라지 않았다.

'치안이 개판이라는데…….'

'사람이 많건 적건 뭔 상관이겠어?'

예상대로 행인들은 옆에서 날치기를 당하건 말건 전혀 신경 쓰지 않았다. 그냥 흥미롭다는 듯 지켜볼 뿐이었다.

하나, 이어진 사태는 두 사람의 예상조차 벗어났다.

"어머?"

날치기당한 여인이 당황하질 않는 것이다.

태연하게 품에서 섬뜩한 단검(!)을 꺼내더니 그대로 던져버린다!

휘이익!

푹!

단검은 정확하게 소년의 허벅지에 꽂혔다. 피가 튀며 비명이 터져 나왔다.

"아악!"

심지어 여인은 서두르지도 않았다.

느긋하게, 쓰러진 소년에게 다가가 일단 장바구니를 챙긴다.

"에이, 손잡이 고쳐야겠네."

대수롭잖다는 듯 중얼거리며 단검도 마저 뽑는다. 피가 튀는데도 눈도 깜빡하지 않는 모습이다.

그러더니 그냥 제 갈 길을 간다.

화를 내는 것도 아니고 욕설을 퍼붓는 것도 아니었다. 진짜 아무 일 없었다는 듯 그냥 가 버린 것이다.

"아으, 아으으……."

고통으로 신음하는 소년을 향해 행인들이 지나가며 한마디씩 던진다.

"쯧쯧, 그 솜씨로 날치기를 노렸느냐?"

"구걸부터 다시 시작해라."

어린아이가 피 흘리며 쓰러져 있는데 아무도 도울 생각이 없어 보였다.

지켜보던 카르나크 일행은 그저 어안이 벙벙할 뿐이었다.

"뭐야, 이거?"

"이 동네 분위기 왜 이래요?"

한편 세라티는 안절부절못하며 알리우스를 돌아보고 있었다.

'어쩌죠, 알리우스 님? 저 아이, 저대로라면…….'

우연인지, 아니면 여인의 투척술이 절묘했는지 소년은 허벅지의 혈관을 피해 칼을 맞은 상태였다. 일단 생명의 위험은 없어 보였다.

그렇다 해도 저걸 그냥 지켜보고만 있을 수는 없지 않을까? 하물며 알리우스는 성직자가 아닌가?

알리우스는 어깨를 으쓱일 뿐이었다.

'말씀드렸잖습니까? 치안은 자급자족이라고.'

과연, 골목 안쪽에서 어린아이 3명이 우르르 몰려나왔다.

다들 허름한 차림이었는데, 익숙하다는 듯 쓰러진 소년에게 다가가 지혈을 하고 붕대를 감는다.

그 와중에 한다는 소리가 가관이었다.

"거봐, 카인 오빠, 날치기는 위험하다니까!"

"성실하게 몸을 팔면서 살자, 우리."

소년의 팔다리를 부축한 아이들이 다시 쪼르르 골목 안으로 모습을 숨긴다.

이 모든 것이 채 몇 분 지나지 않아 일어난 일이었다.

남은 것은 아무 일 없었다는 듯 호객 행위를 하는 상인들과 시장을 오가는 행인들뿐.

"자, 자! 랫티어 고기가 쌉니다!"

"오늘 들어온 싱싱한 순무가 있어요!"

바닥에 가득 고인 빨간 핏자국을 보며 릴테인이 한숨을 내쉬었다.

"맙소사, 왜 도로 곳곳이 갈색으로 변색되었나 했더니……."

아무 생각 없이 밟고 다녔는데 알고 보니 영 찜찜하다.

카르나크와 바로스도 실로 인상 깊다는 표정이었다.

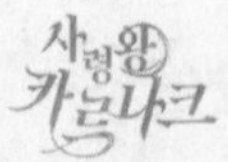

"에, 일단 사람 사는 동네이긴 한데……."

"사는 사람의 부류가 좀 많이 다르네요."

딱히 여인이 대단한 실력을 지닌 것은 아니었다. 정식으로 무술을 익힌 이들에 비하면 확실히 어설프다.

그런데 기본 상식이 달라도 너무 다르다. 여인뿐만 아니라 도시 전체가 그렇다.

"굳이 따로 주의를 드릴 필요는 없겠군요."

알리우스가 분위기를 환기시켰다.

"보셨죠? 이게 트리스트 시티입니다."

카르나크 일행은 분명 강하다.

아마 정면으로 붙으면 세라티 혼자서도 어지간한 도적들 수십 명은 가뿐히 쓰러뜨릴 수 있겠지.

"하지만 이곳에서 정면으로 덤벼 주는 친절한 이들 따윈 기대하기 힘들 겁니다."

카르나크 일행은 계속 거리를 걸었다.

그 와중에 날치기 두 번, 강도질 세 번을 더 목격했다.

고작 1시간도 되지 않아 범죄만 다섯 번을 본 것이다.

그럼에도 딱히 알리우스가 나설 상황은 생기지 않았다.

이후에 만난 날치기꾼들은 시장의 소년과 달리 노련한 모습을 보였다.

절묘하게 짐을 낚아채고, 곧바로 내달리며 미리 대기했던 동료에게 짐을 넘기고, 그 와중에 날아오는 단검을 피해 골목으로 숨어 버린다.

날치기당한 이는 길길이 날뛰지만 주위 반응은 또 달랐다.

"녀석들, 제법 솜씨가 좋은데?"

"날치기하려면 저쯤은 해야지."

쓰러진 소년에게 아무 관심도 안 주었던 것처럼, 날치기당한 사람에게도 아무 관심을 주지 않는 것이다.

그러니 피 흘릴 일도 없고, 성직자가 나설 일도 없다.

강도질 역시 상황은 비슷했다.

"어이, 형씨, 돈 좀 빌릴까 하는데?"

뒷골목도 아니고 거리 한복판에서 우락부락한 떡대들이 뜨내기 행상을 털어 댄다. 행상들은 당연히 분노해 맞서 싸우려 한다.

하지만 애초에 쪽수에서 사정없이 밀린다. 정신없이 두들겨 맞고 주머니를 빼앗긴다.

그런데 강도 짓을 얼마나 자주 했는지, 그 와중에도 생명에 지장이 생길 만큼은 절대 패질 않는 것이다.

딱 제압 수준으로 쓰러뜨리고 돈만 챙겨 빠르게 자리를 뜬다.

"크윽!"

"이 개 같은 놈들!"

"하늘도 무심하시지!"

얻어맞고 돈 빼앗긴 행상들은 피눈물을 흘리며 울부짖지만, 알리우스 입장에선 나서기 애매한 상황이었다.

'사람 목숨이 걸렸다면 모를까, 이 정도로 정체를 드러낼 수는…….'

그래서 어쩌나 고민만 하고 있는데, 딱히 이런 태도가 눈길을 끌지도 않았다.

다른 사람들도 재밌는 구경 났다는 듯 보고만 있으니까. 그러다가 상황 종료되면 그냥 제 갈 길 가니까.

어이가 없어 바로스가 혀를 찼다.

"와, 뭐 이런 동네가 다 있죠?"

그 역시 온갖 불법적인 범죄가 횡행하는 도시의 뒷거리를 돌아다녀 봤지만 여긴 확실히 다르다.

"이래서 불법이 아니라 무법의 도시라고 하는 건가 보네요."

법이 존재하는데 어기는 것과, 어길 법 자체가 존재하지 않는 것의 차이는 생각보다 컸다.

세라티가 근심하며 말했다.

"함부로 여관에 묵을 수도 없겠는데요, 이거."

도시 전체가 란펠트 가문의 지배하에 들어갔는데, 수틀리면 뒤에서 칼 꽂는 놈들 천지다. 여관에 가도 눈이라도 편히 붙일 수 있으려나 모르겠다.

"아무 곳에나 묵었다가 자는 동안 칼침 맞는 거 아니에요?"

알리우스가 동의하며 대꾸했다.

"실제로 많은 뜨내기들이 그렇게 소리 소문 없이 사라진다고들 하더군요. 그래서 반드시 연줄이 있는 곳을 찾아야만 한다고."

릴테인이 눈살을 찌푸렸다.

"그럼 여관방에서도 방어 결계를 쳐야 하는 겁니까? 이거 참, 노숙도 아니고……."

다행히 그럴 필요까진 없었다.

"제가 염두에 둔 곳이 있습니다, 릴테인 씨."

"네? 하지만 트리스트 교구는 의심스럽다고……."

외부에서 활동하는 신관들이 그 지역 교단을 찾는 것은 상식이다. 하지만 이 도시의 하토바 교단은 신뢰할 수 없다.

애초에 그 이유로 이렇게 변장을 한 것 아닌가?

"예, 그래서 다른 현지 협력자를 찾았지요."

"……믿을 수 있는 자입니까?"

이 도시의 분위기를 보건대 현지의 협력자는 필수였다.

그런데 과연 그 협력자를 믿을 수 있을까? 이미 란펠트 가문이 도시 전체를 장악했는데?

그 답은 중앙 거리에 도착하자 바로 알게 되었다.

"아니, 여긴……."

눈앞에 세워진 커다란 저택을 보며 세라티가 황당하다는

듯 뇌까렸다.

"플라드 저택이잖아요?"

하토바 교단에 의해 몰락한 바로 그 가문이었다.

플라드 저택의 외관은 평범했다. 아니, 정확히는 꽤나 낡은 건물이었다.

여기저기 수선해야 할 부분이 많은 것이, 차라리 카르나크의 제스트라드 저택이 더 크고 화려한 수준이다.

그럼에도 지금 눈앞의 저택은 놀랍도록 사치스러워 보였다.

"야, 주위가 이러니 상대적으로 좋아 보이네."

도시 전체가 누덕누덕 기운 수준의 건물들뿐이니 그냥 외관만 멀쩡해도 굉장히 튀는 것이다.

그리고 이 도시에서 이 정도라도 저택을 유지 보수한다는 건 실제로 사치스러운 행위가 맞기도 하다.

"몰락했다 해도 아직 힘이 꽤 있는 모양이군요?"

카르나크는 미소를 지었다.

이미 망한 가문이 협력해 봐야 얼마나 대단하겠냐 싶었는데, 이 정도면 믿을 만하다.

'게다가 란펠트 가문에 씻을 수 없는 원한이 있을 테니 배

신당할 걱정도 없지.'

저택으로 다가가며 알리우스가 대꾸했다.

"적의 적은 아군이라죠? 지금 우리에게 플라드 가문만큼 신뢰할 수 있는 이들도 달리 없습니다."

"하토바 교단도 이들에겐 적 아닙니까?"

"정확히는 하토바 교단의 트리스트 교구가 이들의 적이죠. 그리고 우린 그들을 응징하러 온 것 아닙니까?"

"과연, 서로의 이득이 맞아떨어지는군요."

눈치를 보며 저택 입구로 향하니 문지기 2명이 지키고 있는 것이 보였다.

둘 다 나이가 많고 실력도 그리 좋아 보이지 않는 것이, 역시 몰락하긴 몰락했구나 싶었다.

일행이 다가오자 문지기가 경계하며 물었다.

"무슨 일로 찾아오셨습니까?"

알리우스는 말없이 품에서 웬 브로치 하나를 꺼내 보여 주었다.

얼핏 평범한 브로치인데도 문지기가 바로 경계를 거뒀다. 아마도 사전에 약속된 증표 같은 것인 듯했다.

"안내하겠습니다."

이미 밤이 된 저택 곳곳에는 촛불이 켜져 있었다.

응접실에 앉아 기다리고 있자니 드레스 차림의 젊은 여인 1명이 방으로 들어왔다.

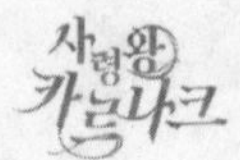

"플라드 가문에 오신 것을 환영합니다. 가주 실데라입니다."

눈에 띄는 미인은 아니고 그냥 평범한 인상이었다. 하지만 이 험한 도시에 사는 여인답게 신체는 꽤나 발달해 있었다.

[척 봐도 한가락 하게 생겼는데?]

[드레스보다는 갑옷이 더 어울리는 아가씨네요.]

카르나크와 바로스가 습관처럼 상대를 파악하는 사이, 알리우스가 정중하게 인사를 건넸다.

"하토바를 섬기는 알리우스입니다. 반갑습니다, 실데라 양."

그녀는 플라드 가문의 전 가주, 마라드의 딸이었다.

전 가주가 사령술사와 손잡고 폭주할 때 가장 앞장서 반대하다 미움을 사 한동안 유폐되었다고 한다.

그것이 가문이 몰락한 후론 오히려 남은 이들의 절대적인 지지를 받을 이유가 된 것이다.

그녀만이 플라드 가문이 사령술과 더 이상 관련이 없다는 증명이 되니까.

"아버지의 죄악에 대해 변명하고 싶은 생각은 없습니다. 제 목표는 그저 가문을 다시 일으키는 것뿐이죠."

순간 실데라의 표정이 일그러졌다.

"그러기 위해서라도 저 간악한 란펠트는 용납할 수 없습니다. 하지만 저희 힘이 부족하니……."

현재 플라드 가문의 전력은 거의 남지 않았다.

사령술과 관련이 있던 주요 세력은 처형되었고, 남은 이들은 뿔뿔이 흩어져 제 살길을 찾아 나섰거나 제 앞가림하기만도 벅찬 처지다.

"그렇다 해도 아직 도시 곳곳에 영향력이 남아 있습니다. 저희를 믿어 주신다면 최선을 다해 돕겠습니다."

알리우스는 흔쾌히 고개를 끄덕였다.

"물론 믿고 있습니다."

실제로 현 플라드 가문에 남은 이들은 사령술과 '정말로' 무관한 이들뿐이었다.

조금만 관련이 있어 보여도 처형했으니까.

죄 없이 죽은 이들도 굉장히 많았다.

정말이지 아무리 털어도 아무것도 나오지 않은 이들만 간신히 살아남은 것이다.

그만큼 교단의 심문은 가혹했다.

그리고 이들은 란펠트 가문 못지않게 하토바 교단에도 증오를 품고 있었다.

그 증오의 대상을 교묘히 트리스트 교구만으로 좁힌 것이 알리우스의 수완이었다.

"교단에서도 트리스트 교구의 폭거를 이대로 지켜볼 수만은 없습니다. 저들은 반드시 여신의 벌을 받게 될 겁니다."

자리를 잡고 앉은 뒤 알리우스가 진지하게 물었다.

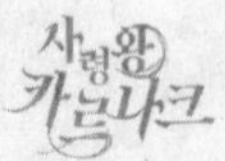

"그럼 현 상황에 대해 알려 주시겠습니까?"

현재 란펠트 가문의 경계는 극도로 높아져 있었다. 이미 하토바 교단이 몇 번이나 사람을 보냈었으니 당연한 일이었다.

"신분을 위장하고 접근해 사령술의 증거를 찾는 교단의 기존 수법은 더 이상 쓸 수 없습니다."

아예 모르는 이는 들이지도 않는다. 아는 사람이라 할지라도 오랜 수하가 아니면 접근하도록 내버려 두지 않는다.

고슴도치처럼 빳빳하게 침을 세우고 으르렁대는 형국이었다.

그래서 알리우스가 세운 계획은 심야의 습격.

교단이 아닌 다른 세력으로 위장해 저택을 공격한 뒤, 상대의 경계를 흔들어 가며 그 와중에 사령술의 증거를 찾는 것이다.

"단순 무식한 방법이지만 의외로 성공 확률이 높은 방법이기도 하죠. 어디까지나 무력이 받쳐 줄 때의 이야기지만."

이를 위해선 란펠트 가문의 현 전력에 대해 정확히 파악할 필요가 있다.

지도를 가져와 테이블에 펼치며 실데라가 입을 열었다.

"현재 란펠트 저택에 상주하는 병력은 100여 명 정도입니다. 전원 2급 모험가 수준의 전사들이고, 2서클의 마법사가 셋, 3서클이 다섯 있습니다."

이외에도 도시 전역에 휘하 세력이 퍼져 있으니, 과연 한 도시를 장악하기에 충분한 무력이었다.

그럼에도 릴테인은 안도했다.

"이 정도면 할 만하겠군요."

저택 병력만 보면 현재 카르나크 일행의 수준에 비해 그리 높지 않았다.

더구나 병력 배치며 교대 상황까지 상세히 조사되어 있으니 충분히 치고 빠질 수 있을 듯하다.

실데라가 안색을 굳혔다.

"문제는 사령술사들이지요."

저들이 숨겨 놓은 사령술사가 얼마나 강한지, 그 수가 어느 정도인지는 플라드 가문의 정보력으로도 도무지 파악할 수 없었다.

이건 맞닥뜨려 보기 전에는 모르는 것이다.

그러나 알리우스는 자신만만한 표정이었다.

"그 점은 괜찮습니다."

사령술사가 강력한 이유는 쉽게 힘을 얻는다는 것 말고도 또 있다.

수법이 너무 생소하다는 점이다.

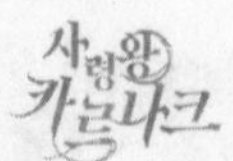

아무리 강자라도 경험 밖의 일을 당하면 의외로 쉽게 허점을 드러내는 것이다.

그런 의미에서, 알리우스 일행은 문제가 없다.

"이분들은 모두 사령술사를 상대하는 베테랑들이니까요."

트리스트 시티 서쪽에 위치한 란펠트 저택의 거대한 지하실.

벽마다 화톳불이 꽂혀 어둠을 밝히는 그곳에서 온갖 신음이 울리고 있었다.

"으으으……."

"으아아……."

벽이며 기둥마다 피로 물든 사람들이 걸려 있다. 다들 피부가 벗겨지고 전신이 상처투성이인 흉측한 몰골이다.

어찌나 끔찍한 광경인지 지옥이 실재한다면 이곳이 아닐까 싶을 정도다.

2명의 사내가 지하실 한편에서 그 모습을 지켜보고 있었다. 마흔 언저리로 보이는 장년인과 30대로 보이는 청년이었다.

지하실을 지켜보며 청년이 조심스레 입을 열었다.

"교단이 파견한 자들을 마지막으로 처리한 것이 벌써 한

달 전입니다. 슬슬 본산에서 다시 손을 쓰지 않을까요?"

장년인은 대수롭잖다는 반응이었다.

"교단에서 계속 사람들을 보낸다면 그야말로 기꺼운 일이지. 더더욱 제물이 늘어날 테니."

그는 지하실에 묶인 수십 명의 사내들, 하토바 교단이 보낸 어둠사냥꾼들에게로 시선을 돌렸다.

하나같이 뛰어난 실력을 지닌 강자들이었다. 다른 사령술사를 상대해 본 경험 역시 풍부했다.

"하지만 사실 저들은 진정한 사령술사를 상대해 본 적이 없지."

어설픈 밑바닥 인생들, 아무런 지혜나 지식도 없이 위대한 어둠의 힘을 창이나 칼처럼 휘두르기만 하는 어리석은 것들.

사령술사라 칭하기도 부끄러운 하찮은 자들만 상대한 주제에 자신들이 무슨 사령술의 천적이라도 되는 줄 알고 있었다.

그 어리석음의 결과가 이것이다.

장년인이 오른손을 들었다. 동시에 지하실 전체에서 어둠이 피어올랐다.

"으아아악!"

"아아아악!"

메아리치는 비명 속에서 피어오른 어둠이 장년인에게로 모여들었다. 어둠을 흡수하며 그는 흐뭇한 표정을 지었다.

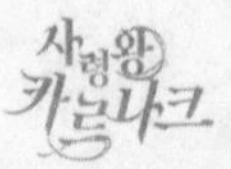

"좋아, 양질의 사기로 바뀌었군."

청년이 근심하며 물었다.

"몸에 부담은 없으십니까?"

"아무래도 좀 있긴 하지."

여전히 별것 아니라는 듯 대꾸하며 장년인이 양손을 모았다.

"그러니 이렇게……."

합장한 두 손이 빛을 발하기 시작했다. 성스러운 대지의 여신, 하토바의 광휘였다.

"위대한 여신의 가호로 몸을 지키는 것 아닌가?"

장년인, 하토바 교단의 트리스트 교구장 슈트라프 주교는 양손에 빛과 어둠을 두른 채 사악하게 웃었다.

"이번엔 좀 고위 성직자가 쳐들어와 줬으면 좋겠군. 그만큼 건질 것도 많을 테니 말이야."

란펠트 저택

짙은 안개가 깔린 트리스트 시티의 밤거리.

5명의 사내가 골목 사이로 달리고 있었다. 가죽 갑옷에 단검 등으로 무장하고 얼굴을 복면으로 가린, 전형적인 도적들의 모습이었다.

"서둘러라. 시간을 맞춰야 한다."

"예, 형님."

시야가 극히 제한됨에도 이들의 움직임은 거리낌이 없었다.

다들 도시의 지리에 익숙한지 딱히 횃불 같은 광원의 도움 없이도 안개와 밤의 어둠 사이를 쉽게 가로지른다.

이윽고 사내들이 커다란 저택 근처까지 도달했다. 좌우로 뻗은 담장의 끝이 안개에 가려 보이지 않을 정도로 넓은 저택이었다.

안쪽을 살피던 이들 중 1명이 긴장하며 중얼거렸다.

"역시 경계가 보통이 아니군요."

건물 자체는 꽤나 우아하고 고풍스럽다. 원래는 트리스트 백작가의 저택이었으니 그럴 만하다.

하나 이곳을 차지한 란펠트 가문은 우아한 귀족의 저택을 흉흉한 도적의 요새로 바꿔 놓았다.

원래는 장미 넝쿨이 아름답게 타고 올라야 할 담장에 칼날과 사금파리를 꽂아 넣어 외부의 사소한 침입자조차도 경계한다.

우아해야 할 정원수들은 왕창 가지를 친 뒤 임시로 만든 초소를 얹어 놓아 석궁을 든 경비병들을 배치했다.

심지어 화려했던 귀족풍의 정원은 아예 통째로 갈아엎었다. 자질구레한 조경수들을 싹 밀어 버려 연병장처럼 만들어 놓은 것이다.

시야를 가리는 그 어떤 것도 남기지 않으려는 조치다.

사내 1명이 한숨을 내쉬었다.

"여길 습격하다니…… 제정신 박힌 인간이라면 절대 하지 않겠죠?"

다른 사내가 핀잔하듯 대꾸했다.

"담을 넘으라는 것도 아니지 않나? 우린 그저 최대한 소란

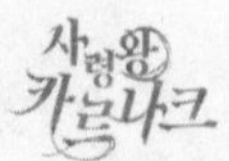

을 일으키기만 하면 돼."

물론 그조차도 충분히 목숨을 걸어야 하겠지만, 그 정도는 이미 각오한 바였다.

이들은 모두 란펠트 가문에 의해 가족과 동료를 잃은 플라드 가문의 잔류자들이었으니까.

새 가주 실데라는 가문에 남은 정예 20명을 모은 뒤 말했다.

—복수의 밤이 왔습니다.

자세한 계획은 설명해 주지 않았다. 모인 이들 역시 일부러 들으려 하지 않았다.

다들 계획을 아는 이가 많을수록 실패할 가능성도 높다는 걸 알 정도로 노련한 이들뿐이었다.

그저 가주를 믿고 계획대로 움직인다. 그리고 그녀가 세운 계획이 쓸모 있기만을 바란다.

그림자 속에 몸을 숨긴 채 이들은 계속 기다렸다.

안개가 짙어 달의 위치를 파악하기 힘들고, 교회의 종도 이런 심야에는 치지 않는다.

시간을 가늠할 수 있는 것은 오로지 개인의 감각뿐.

"좋아, 이 정도면 다들 제 위치에 갔겠지."

중년인이 손짓을 했다.

"시작해라."

다른 사내가 품에서 병 하나를 꺼냈다. 기름이 가득 든 화염병이었다.

"비열한 란펠트 놈들……."

회심의 미소를 지으며 바로 불을 붙인 뒤 던진다.

"어디 엿 좀 먹어 봐라!"

펑 하는 소리와 함께 불길이 치솟았다. 담장 안쪽에서 소란이 일었다.

"공격이다!"

"전원 위치로!"

아무리 카르나크 일행이 강하다 해도 적의 본거지를 정면으로 들이받는 것은 위험한 일이다.

그래서 알리우스는 플라드 가문을 끌어들였다.

미끼 병력이 사방에서 소란을 일으키고 그 틈을 타 내부로 진입한다는 양동작전이었다.

"고작 20명이라 해서 솔직히 실망했는데……."

상황을 지켜보며 카르나크는 의외라는 표정을 지었다.

"기대했던 것보다는 훨씬 잘해 주고 있군요."

란펠트 저택의 동서남북, 사방에서 소요가 일고 있었다.

복면을 쓴 이들이 연신 화염병을 던지고 불화살을 쏘아 댄

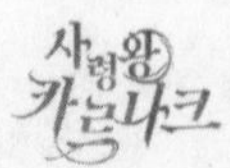

다.

목표는 목재로 만든 초소.

과연 견고하게 만든 물건이 아닌지라 금방 불길이 치솟는다.

그리고 금방 가라앉았다.

"흥! 우리가 그 정도 대비도 안 했을 줄 알았나?"

주요 거점에 화재를 대비해 마법 결계를 치는 것은 상식인 것이다.

란펠트 저택에는 3서클의 마법사도 상주하고 있으니 고작 화염병 정도로 불을 낼 수는 없다.

뭐, 상관은 없었다.

중요한 건 불을 내는 것이 아니라, 내려고 시도했다는 사실 자체니까.

"어떤 놈들이 감히!"

"란펠트의 힘을 보여 주마!"

이내 저택 곳곳에서 무장 병력이 쏟아져 나왔다.

도시를 장악하고 승리자의 위치에 선 후였다. 하찮은 졸병조차도 하나같이 기세등등했다.

물론 그렇다고 딱히 군기가 투철하단 소리는 아니다. 절반 정도는 술기운으로 얼굴이 시뻘겠으니까.

"아, 씨! 한창 술 잘 먹고 있었는데 어떤 놈들이야?"

애초에 성실하게 사는 놈들이면 이 자리에 있지도 않을 것이다. 원체 방탕하게 살던 뒷골목 인생이라 여기까지 흘러들어 왔지.

그런데 의외로 술에 취한 상태로도 제법 실력을 발휘한다.

"으아! 이놈의 자식들!"

"죽여 주마!"

항시 스스로를 갈고닦으며 절제 속에서 신체 컨디션을 최상으로 유지하는 것이 노련한 무인이라면, 술 처먹고 해롱거리다가도 일 터지면 바로 정신 차리고 실력을 발휘하는 것이 노련한 무뢰배다.

다들 술에 취한 상태로도 용케 전투에 임했다.

"죽어라, 잡것들!"

"네놈들이야말로 죽어라! 더러운 란펠트 놈들!"

이내 격돌이 이어지고 박투가 벌어졌다.

창칼이 부딪치는 소리, 비명과 신음, 기합과 괴성이 어우러져 밤안개 가득 퍼졌다.

"으아아아!"

"타아아앗!"

이 모든 광경이 거대한 물그릇 위로 비친다. 릴테인의 원견 수경 마법이다.

현재 카르나크 일행은 란펠트 저택에서 한 구역 떨어진 3층 건물 옥상에 숨어 있었다. 이곳에서 전체적인 전황을 살피는 중이었다.

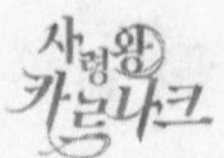

세라티가 혀를 차며 말했다.

"쯧쯧, 제대로 검을 쓸 줄 아는 자조차 없네요."

바로스가 어깨를 으쓱였다.

"사실 저 정도면 어지간한 병사들보단 강합니다. 오러 유저께서 보기에야 하찮겠지만요."

"아니, 잘난 척하려는 게 아니라요……."

지금 뛰쳐나온 이들은 플라드 가문의 습격자들과 팽팽하게 싸우고 있었다.

전력이 거의 3배 차이가 나는데 저 정도라는 건, 그만큼 실력이 떨어진다는 소리다.

"저 수준이면 란펠트 가문의 진짜 전력은 아닐 거라는 소리예요. 아무래도 사령술사는 내보낼 생각이 없나 보군요."

"세상일이 그렇게 쉽게 풀릴 리가 없지 않습니까? 불필요한 체력 소모를 피한 것만으로도 큰 도움입니다."

플라드 가문 덕분에 곧바로 저택 안쪽으로 향할 수 있게 되었다. 이 이상을 바라는 것은 욕심이다.

알리우스가 몸을 일으키며 말을 이었다.

"목표 정도는 우리가 직접 끄집어내야지요."

한창 소란이 일어나고 있는 란펠트 저택의 사방, 카르나크

일행이 노린 것은 그 사이의 빈틈이었다.

릴테인의 부유 마법으로 가볍게 담장을 넘었다. 바로 텅 빈 정원이 시야에 들어왔다.

원래대로라면 여기도 경비가 순찰하고 있어야겠지만…….

"없네요."

릴테인의 말에 카르나크가 신기할 것도 없다며 대꾸했다.

"당연히 저쪽에 갔겠죠, 뭐."

옆에서 전투가 벌어지고 있어도 꿋꿋이 자신의 위치를 고수한다?

이건 군기가 투철한 병영에서나 있는 일이지, 이런 뒷골목 싸움에서 기대할 덕목은 아닌 것이다.

일행은 잽싸게 정원을 가로질렀다.

저택 앞쪽까지 달려가자 그제야 대기 병력이 쏟아져 나왔다.

"흥!"

"기다리고 있었다!"

"저 잡것들이야 보나 마나 미끼겠지."

다들 무장부터가 달랐다. 제대로 금속 갑옷을 갖추고 장검과 방패를 들고 있었다.

겉보기엔 정규 기사라 해도 무방할 수준이었다.

카르나크 일행을 노려보며 놈들이 한마디씩 했다.

"어디서 온 놈들이냐? 벨렌? 칼라? 스타일?"

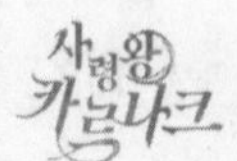

"혹시 플라드인가?"

"에이, 거긴 이미 망했는데?"

워낙 적이 많다 보니 짐작 가는 곳도 너무 많은 모양이었다.

거리를 둔 채 경계하는 이들을 보며 알리우스는 옅게 웃었다.

"반응도 그렇고 무장도 그렇고, 확실히 이쪽이 진짜 정예들이군요."

이놈들까지 당해 버리면 그땐 사령술사를 투입하지 않을 수 없으리라.

릴테인이 마법의 완드를 쥔 채 한 발 앞으로 나섰다.

"일단 인사부터 날리고 볼까요?"

화염이 일어 올라 완드를 휘감았다.

전조 반응을 본 란펠트의 병사들이 기겁해 소리쳤다.

"마법사다!"

"전원 산개!"

곧바로 커다란 불덩이가 허공을 갈랐다. 폭발이 일어나며 귀를 찢는 굉음이 지축을 흔들었다.

콰아아앙!

화염이 너울대며 열기가 공기를 끓인다. 운 좋게 피하더라도 그 여파만으로 심각한 부상을 당할 위력이다.

하지만, 정작 쓰러진 이들은 없었다.

"크윽!"

"누가 이런 느린 마법에 맞아 준다더냐!"

파이어볼이 작렬하는 순간, 사방으로 몸을 던지며 바닥에 납작 엎드려 피해를 줄인 것이다.

두꺼운 갑옷의 방어력이 있으니 직격만 피하면 이 정도로도 치명상은 피할 수 있다.

다들 전투 경험이 많다 보니 마법에도 익숙한 듯 보였다.

하지만 릴테인도 익숙하긴 마찬가지다.

"그렇게 나올 줄 알았지."

그는 애초에 빗나갈 걸 상정하고 다음 연계 공격을 준비한 후였다.

"암운의 포효여, 대지를 타고 흘러라! 체인 라이트닝!"

시간 차를 두고 발동한 전격의 그물이 정원을 타고 흘렀다.

날아드는 전격을 보며 병사들이 기겁했다.

"헉!"

"또 마법이 날아와?"

기껏해야 2~3서클 마법사만 봐 왔던 이들에겐 예상 못 한 공격이었다. 이렇게 빠르게 마법이 이어지는 경우를 경험해 보지 못한 것이다.

채 피하지 못한 병사 4명이 전격에 휩싸였다. 사방에서 비명이 터져 나왔다.

"크어억!"

"아아아악!"

누군가가 고함을 질렀다.

"다른 놈들부터 조져! 뒤섞이면 함부로 마법을 쓰지 못할 거다!"

쓰러진 동료들은 뒤로한 채 남은 놈들이 일제히 덤벼들기 시작했다.

사기를 끌어내려는 듯 여기저기서 함성이 터져 나왔다.

"쫄지 마라!"

"고작 다섯 놈에 불과하다!"

세라티가 가볍게 앞으로 나섰다.

"그럼 제가 먼저."

허리의 장검이 부드럽게 뽑힌다. 칼날이 붉은 광채로 뒤덮여 간다.

섬뜩한 적색 섬광이 선두에 선 2명의 병사를 그대로 베어 갔다.

서걱!

검도, 방패도, 갑옷조차도 일격에 베어 버리는 핏빛 검광.

란펠트의 용맹한 정예가 동강 난 고기 조각으로 변해 사방으로 피를 뿌렸다. 달려들던 병사들의 발걸음을 멈추기에 충분한 광경이었다.

"에엑! 저 빛은……."

"투기검?"

경악하며 놈들이 뒷걸음질을 쳤다.

"오러 유저라고?"

"아니, 오러 유저씩이나 되는 작자가 왜 이런 곳에 있어?"

아무리 트리스트 시티가 죄악의 도시니 인세의 지옥이니 해도 결국은 변방이었다.

오러 유저쯤 되면 보통 왕도 같은 큰물에서 놀지 이런 시골에까지 오는 경우는 잘 없다.

우두머리로 보이는 사내가 주위를 향해 소리쳤다.

"이것들아! 오러 유저가 별거냐?"

세라티의 검을 가리키며 그가 애써 목청을 키웠다.

"두려워할 필요 없다! 고작해야 적색급에 불과해!"

오러 유저의 경지는 투기검의 색으로 파악이 가능하다.

세라티의 투기는 붉은빛. 오러 유저 중에선 분명 제일 낮은 수준이다.

물론 그렇다고 그 사실이 그녀를 우습게 볼 이유는 되지 못하지만.

병사들 중 노련한 이들은 어이없어하며 뒷걸음질을 쳤다.

'고작이라니…….'

'분명 투기검이 붉긴 한데…….'

'그래도 투기검이잖아!'

'오러 유저 중에서 제일 약하다는 게 무슨 의미가 있는데?'

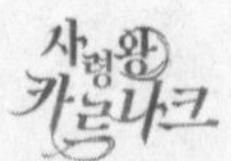

저건 이런 소리나 다름없는 것이다.

ㅡ상대는 호랑이가 아니라 표범이다! 쫄지 마라!

이쪽은 죄다 고양이라고.

고양이 입장에서 상대가 호랑이건 표범이건 뭔 차이가 있는데? 어차피 물리면 한 방에 죽는 건 마찬가지구만.

하지만 란펠트 저택의 모든 병사들이 저들처럼 노련하진 않았다. 젊고 혈기 왕성한 이들에겐 저 정도로도 사기가 오른다.

"젠장!"

"그래, 오러 유저가 별거냐!"

"곧 지원군이 온다!"

"설마 그때까지 버티지도 못하겠어?"

악을 써 대며 병사들이 세라티에게 달려들기 시작했다.

검을 고쳐 쥐며 그녀가 차가운 미소를 지었다.

'흥! 버틸 수 있을 것 같아?'

미안하지만 적당히 할 생각은 없다.

이들이 비참하게 무너져야 란펠트 측도 경각심이 생길 테고, 그래야 사령술사라는 숨겨 둔 전력을 끄집어낼 수 있을 테니까.

세라티는 가볍게 땅을 박찼다.

새처럼 날아오른 그녀의 사방으로 붉은 검광이 흩뿌려졌다.

"타아앗!"

붉은 검이 작렬할 때마다 붉은 피가 튄다.

안개 낀 밤하늘 아래 붉은 비가 비명과 함께 내린다.

"아악!"

"으아악!"

세라티는 계속해 전장을 누볐다.

과연 오러 유저, 인간의 한계를 초월한 무인답게 그녀의 검은 막힘이 없었다.

검을 휘두르면 칼날을 베어 버리고 방패로 막으면 방패를 썰어 버린다.

그러나 그 광경을 지켜보던 바로스는 내심 혀를 차고 있었다.

'아직 적색급이라 그런가? 움직임이 영…….'

오러 유저의 경지는 총 다섯 단계로 나뉜다.

불처럼 타오르는 투기를 다루는 적색급.

레드 나이트라 불리며 붉은색의 오러를 사용한다. 투기를 끌어내 인간의 한계를 초월한 파괴력을 보이는 강능제유의 경지다.

이 정도만 되어도 어딜 가든 명성을 떨칠 수 있다. 변방에

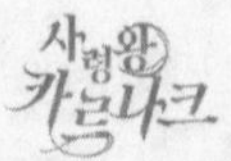

서는 레드 나이트 1명만으로 세력 구도가 크게 바뀔 정도다.

그 위 단계가 물처럼 차분한 투기를 다루는 청색급.

블루 나이트라 불리며 푸른색의 오러를 사용한다. 노련한 투기 제어가 가능해져 압도적인 파괴력뿐 아니라 섬세한 기교까지 겸비하는 유능제강의 경지다.

왕국 전역에 이름을 알리는 강자로, 보통은 고위 귀족가에 초빙되거나 왕실 기사로 일하며 얽매이기 싫어하는 경우엔 초일류 모험가로 활동하곤 한다.

이마저 넘어서면 퍼플 나이트라 불리게 된다.

적색과 청색을 합일시킨 보랏빛 투기를 다루는 자색급으로, 투기의 완급 조절이 완숙에 도달한 강유일체의 경지다.

인간의 한계를 초월한 진정한 초인의 영역으로 유력 기사단의 단장, 혹은 대륙 최강이라는 제국 기사단이 이 경지에 머무르고 있다.

여기서 한 번 더 벽을 허물면 은빛의 투기를 다룰 수 있게 된다.

실버 나이트 혹은 은의 기사라 불리는, 기교와 위력은 물론이고 검술의 상식마저 극복한 경지다.

사물에 투기를 깃들이는 수준을 넘어 투기 그 자체를 유형화시켜 다루는 영역으로, 제국 기사단장이나 일국의 수호 기사들이 이 수준에 도달해 있다.

그리고 궁극의 경지인 황금의 기사.

모든 것이 조화를 이루어 이치에서 벗어남이 없으니 한 자루 검으로 풍운조화마저 일으킨다고 한다.

그 자체로 일인 군단이나 다름없는, 오직 4대 무왕만이 올랐다고 전해지는 무신의 영역이다.

데스 나이트 로드였던 왕년의 바로스는 4대 무왕과도 자웅을 겨룬 초강자 중의 초강자였다. 그렇다 보니 지금 세라티의 움직임이 영 눈에 밟히는 것이다.

'아, 저거 저렇게 움직이는 거 아닌데.'

'아, 저기서 저러면 안 되는데.'

'아, 왜 저렇게 쓸데없는 동작이 많아?'

물론 지금의 그가 세라티를 탓할 자격은 없다.

투기조차 다루지 못하는 주제에 누가 누굴 폄하한단 말인가?

'에잉, 주제 파악하고 내 할 일이나 해야지.'

달려드는 병사 하나를 걷어차며 바로스는 재차 전투에 집중했다.

란펠트의 병사들은 세라티만 노리고 덤벼들지 않았다. 오히려 노련한 이들은 다른 일행을 더욱 집중적으로 노렸다.

저 무서운 오러 유저를 직접 상대하느니, 동료를 붙잡아서 인질로 삼는 게 훨씬 가능성이 높지 않겠는가?

문제는 이 동료란 작자들도 절대 만만치가 않다는 점이다.

"작렬하라, 익스플로전!"

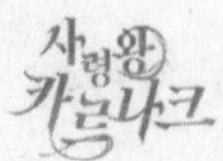

릴테인의 화염구가 황량한 정원을 때렸다. 폭음과 함께 광풍이 불며 흑연이 피어올랐다.

콰아앙!

"찰리가 당했어!"

"젠장! 물러서!"

"등! 등을 노려!"

"단검 던지라고! 단검!"

"야! 그걸 떠들면 어떻게 해!"

멀리서 칼을 날리려는 이들은 세라티가 재빨리 처리한다.

"흥! 누가 그렇게 놔둔대니?"

둘 다 미리 손발을 맞춰 본 적이 없을 텐데도 절묘하게 합격술을 이어 가고 있었다. 카르나크가 감탄을 흘렸다.

[역시 베테랑은 베테랑이구만.]

[그러게요. 경험이 많으니 임기응변만으로도 손발을 잘 맞네.]

하지만 이들은 미처 몰랐다.

정작 놀라고 있는 것은 세라티와 릴테인이라는 것을.

'아니, 저 사람들은…….'

'어떻게 저렇게 쉽게 싸우지?'

카르나크와 바로스의 호흡은 실로 완벽한 수준이었다.

바로스가 치고 빠지고, 카르나크가 마법을 날리고, 계속 위치를 바꿔 가면서 싸우는데, 그 와중에도 절대 빈틈을 보이지 않는다.

가장 유리한 위치를 시종일관 고수하며 차분하게 전투를 이어 가니 란펠트 병사들이 아무리 덤벼들어도 난공불락의 성처럼 결코 흔들림이 없는 것이다.

덕분에 저들이 쓰러뜨린 숫자는 세라티와 릴테인의 배가 넘었다.

오러 유저도 아닌 바로스와 4서클 마법사인 카르나크의 조합이, 오러 유저와 6서클 마법사의 조합보다도 오히려 강하다니?

'어쩐지 알리우스 신관님이 입이 닳도록 칭찬을 하더라니 그럴 만한 이유가 있었군.'

'전투 센스가 엄청나네, 정말?'

실은 카르나크와 바로스가 함께한 기간이 너무 길어서일 뿐이었다.

자그마치 100여 년을 같이 싸웠는데?

그냥 머리 비우고 대충 싸워도 알아서 호흡이 맞는다. 오히려 손발이 어긋나기가 더 힘들 정도다.

덕분에 란펠트의 병사들은 내내 밀리는 중이었다. 도저히 노릴 빈틈이 없는 것이다.

심지어, 알리우스조차도 약점이 아니었다.

장검을 휘두르며, 그는 접근하는 란펠트 병사들을 차분히 상대하고 있었다.

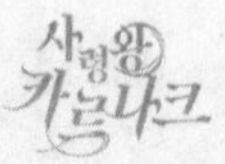

사령술사가 나타날 때까진 신관이란 사실을 숨겨야 하니 일부러 일개 검사처럼 행동하는 것이다.

그런데 의외로 검술 실력이 상당하다. 다른 일행처럼 압도적이진 않지만 착실히 몸을 보호하며 전투를 이어 간다.

"헛! 타앗!"

상황을 살피던 카르나크와 바로스가 혀를 내둘렀다.

[저 정도면 어지간한 기사급은 되는 거 같은데?]

[우리 영지의 기사들보다도 잘 싸워요. 성직자가 어디서 칼질을 저렇게 배운 거래?]

결국 무수한 시체들만 남긴 채 병사들은 후퇴하기 시작했다.

저택 안쪽으로 물러서는 적들을 노려보며 세라티가 인상을 썼다.

"이런……."

이렇게까지 소란을 피웠는데도 추가 병력이 나오지 않았다. 그렇다고 이들이 이 저택의 모든 전력일 리도 없다.

"설마 사령술사가 없는 거 아니에요, 이거?"

"그건 아닐 겁니다."

알리우스가 안색을 굳혔다.

아까와 달리 란펠트 저택의 기운이 변하고 있는 탓이었다.

"더러운 사령술의 악취가 흘러나오고 있군요."

점점 암운이 짙게 깔린다.

세라티나 릴테인은 미처 느끼지 못하겠지만, 성직자인 알리우스에겐 털끝이 곤두설 정도로 불길한 어둠의 기운이 었다.

"아무래도 자신들에게 유리한 장소에서 우리를 맞이하려는 속셈인가 봅니다."

콰앙!

두꺼운 목재 대문이 일격에 박살 났다. 동시에 카르나크 일행이 안으로 뛰어들었다.

돌입과 동시에 사방을 경계한다. 혹시 모를 습격에 대비하기 위해서다.

마법의 완드를 겨눈 채 릴테인이 눈살을 찌푸렸다.

"어쨰 조용하군요."

백작가의 저택이었던 곳답게 1층 홀은 넓었다.

좌우로 연결되는 4개의 복도, 그 중앙에 2층으로 올라가는 거대한 계단이 보인다. 벽 곳곳에 촛불을 켜 놓아 제법 밝기도 하다.

"저쪽이에요."

인기척을 느낀 세라티가 계단 위쪽을 가리켰다.

흑색 로브 차림의 사내 3명이 어둠 속에서 모습을 드러냈

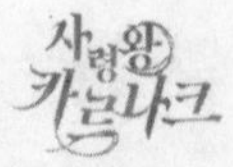

다.

“오러 유저에 상급 마법사라…….”

“제법 이름을 떨친 이들이겠군.”

“허나 어둠의 권능 앞에선 무의미할 뿐이지.”

음습한 목소리와 함께 공기가 무거워진다. 성직자가 아닌 이조차도 확연히 느낄 수 있는 어둠의 기운이다.

란펠트 가문의 사령술사들이었다.

“보아라!”

“이것이 진정한 사령술의 힘이니라!”

놈들이 일제히 검은 마력을 떨쳤다.

칠흑의 그림자가 삽시간에 홀을 가득 메웠다. 보기만 해도 모골이 송연해질 광경이었다.

……그러니까 이제껏 저들이 봐 왔던 ‘일반인’들이라면 그랬을 거란 소리다.

알리우스는 흡족해하고 있었다.

“오, 세 놈이나 되나?”

릴테인과 세라티도 만족스럽다는 반응이었다.

“저 정도면 증거로는 충분하겠군요.”

“셋 다 잡아가는 게 좋겠죠?”

다들 안면에 미소가 가득하다.

대놓고 좋아하지만 않을 뿐, 카르나크와 바로스도 마찬가지다.

[저거 어둠의 군주 몇 인분이에요?]

[처먹은 어둠이 제법 많나 봐. 세 놈 합치면 10인분은 되겠다.]

[역시 큰 사건에는 큰 콩고물이 떨어지는 법이구만요.]

공포는 고사하고 긴장조차 느끼지 않는 카르나크 일행을 보며 사령술사들은 분노했다.

"이놈들이!"

"감히 우리를 비웃어?"

과연 오러 유저며 상급 마법사다운 오만한 태도다. 평생 자신들 같은 밑바닥 인생을 무시하며 살아왔겠지.

"언제까지 비웃을 수 있는지 보자!"

이를 갈며 사령술사들이 어둠을 허공에 응집시키기 시작했다. 서로의 마력을 합쳐 보다 강력한 존재를 소환하려는 것이었다.

"오라, 죽음의 화신이여!"

이내 어둠이 거대한 낫을 든 기괴한 악령의 모습으로 변했다.

"가라, 스펙터! 놈들의 생기를 모조리 흡수해 버려라!"

스펙터가 가공할 사기를 사방으로 떨치며 괴성을 터트려 댔다.

끼에에에에엑!

스펙터는 악령 중에서도 상급에 속하는 언데드다.

성직자의 권능이 없다면 창칼은 물론 마법도 잘 먹히지 않는다. 덕분에 언데드와의 전투가 익숙하지 않다면 일류 전사나 마법사도 상대하기 어렵다.

위력 또한 무시무시해서, 단 한 마리만으로 마을 하나를 모조리 몰살시킨 적도 있을 정도다.

그렇기에 사령술사들은 이제 곧 저 오만한 침입자 일행이 죽어 나자빠질 것이라 믿어 의심치 않았다.

그런데…….

"여신의 빛이 모든 부정한 것을 벌하리라!"

알리우스의 떡갈나무 지팡이가 섬광을 쏘았다. 날아들던 스펙터의 움직임이 순식간에 둔화되었다.

사령술사들이 흠칫하며 신음을 흘렸다.

"어?"

뒤이어 릴테인이 마법을 외운다.

"쏘아지는 작렬의 창, 플레임 스피어!"

둔해진 스펙터의 전신을 화염 창이 꼬치처럼 푹푹 찔러 댄다.

"……어어?"

동시에 이어지는 세라티의 붉은 투기검.

"이얍!"

가벼운 기합과 함께 스펙터가 두 동강 나더니 그대로 허공에서 사라져 버린다.

"……어어어?"

하필 저들에겐 성직자도 있고 언데드와의 전투도 익숙한 것이다.

기껏 부른 스펙터가 사르르 녹아내리는 데 몇 초도 걸리지 않았다.

넋이 나간 사령술사들을 노려보며 세라티가 빙그레 웃었다.

"이제 저놈들 붙잡아서 돌아가면 되는 거죠?"

"그렇습니다. 생각보다 일이 쉽게 풀리겠군요."

평소라면 이대로 종말의 어둠을 뽑아내고 끝이겠지만 놈들은 란펠트 가문의 죄악에 대해 증언을 해야 한다. 그러니 사로잡을 필요가 있다.

"차라리 아까의 전투가 더 귀찮았던 것 같네요."

실소하며 적발의 미녀가 가볍게 몸을 날렸다.

수 미터의 거리를 단숨에 좁히며 어느새 사령술사들의 코앞까지 들이닥친다.

기겁한 사령술사들이 엉덩방아를 찧었다.

"허, 허억!"

그때였다. 주저앉은 놈들의 머리통이 일제히 폭발해 버렸

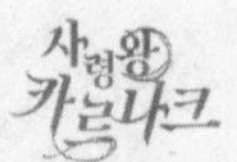

다.

펑! 퍼펑!

사방으로 육편이 휘날리고 피가 튀었다. 알리우스가 놀라 외쳤다.

"세라티 양! 제가 사로잡아야 한다고……."

"제, 제가 한 짓이 아니에요!"

당황하며 그녀가 뒤를 돌아볼 때였다.

갑자기 주위가 변화하기 시작했다.

웅웅웅웅웅!

기괴한 소음과 함께 벽이 일그러지며 검붉은 고깃덩어리로 바뀌어 간다. 바닥이 물컹대는 피의 늪으로 차오르고 천장에 수많은 흉측한 촉수가 돋아난다.

실로 악몽과도 같은 풍경이었다.

알리우스는 당황했다.

"……이, 이건 대체?"

여태 수많은 사령술사들을 처치한 그였지만 이런 경우를 본 적은 한 번도 없었다.

기껏해야 악령을 부리거나 구울, 좀비 등을 다루는 수준이었다. 제법 강력한 사령술사는 지옥의 악마를 소환하는 경우도 있었지만 그 경우에도 주위에 탁기와 어둠을 짙게 드리우는 정도에 그쳤다.

그런데 지금은?

평범하던 귀족 저택이 순식간에 지옥으로 변해 버렸다.

공간 자체를 바꿔 버리는 엄청난 이적인 것이다.

릴테인과 세라티도 당황하긴 마찬가지였다. 이건 마치 어릴 때 들었던 전설 속의 사령술사 같지 않은가?

"이, 이게 실제로 되는 거였어?"

"그냥 지어낸 이야기가 아니었단 말이야?"

그렇게 일행이 패닉에 빠져 있던 중이었다.

갑자기 목소리가 울렸다.

"허허, 이거 참……."

음성은 쓰러진 사령술사를 통해 흘러나오고 있었다.

"오러 유저와 6서클 마법사도 대단한 수확인데……."

사령술사들의 목소리는 아니었다.

애초에 머리가 박살 난 시체의 목구멍을 통해 흘러나오는 소리인데 저들의 음성일 리가 없다.

"알리우스 심문관까지 왔나? 이 모자란 것들도 쓸모가 있었군."

알리우스는 저 목소리의 주인을 알고 있었다.

"……슈트라프 교구장?"

순간 귀를 의심했다.

하지만 틀림없었다. 몇 번이나 만난 적이 있어 알리우스는 이 목소리를 똑똑히 기억하고 있었다.

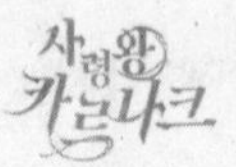

트리스트의 교구장, 슈트라프였다.

“어째서 당신이 사령술을…….”

비웃는 답변이 돌아왔다.

“뭘 그리 놀라지? 애초에 날 의심하고 이렇게 몰래 기어들어 온 것 아닌가?”

물론 의심은 했다.

하지만 어디까지나 사령술사와 손을 잡았을지도 모른다, 정도였다. 설마 본인이 사령술사가 되어 버렸을 줄은 상상도 못 했다.

“맙소사! 여신의 종이 부정한 어둠의 힘을 탐한단 말이오?”

“탐하지 못할 이유는 또 뭐가 있단 말이냐, 하하하!”

짙어지는 조소와 함께 공간 전체가 꿈틀거린다. 어둠의 기세가 더욱 강해지며 중압감으로 변해 전신을 짓누른다.

“크읏!”

위기감을 느낀 세라티가 주위를 살폈다.

상황이 여의치 않을 때 가장 우선시해야 할 것은 퇴로 확보다.

‘출구는?’

돌입할 때 파괴했던 대문은 어느새 흉측한 고깃덩이들로 막혀 있는 상태였다.

그녀는 곧바로 투기검부터 발했다.

"타앗!"

붉은 오러가 고기의 벽을 때렸다. 그리고 바로 사그라졌다.

잠시 흔들렸을 뿐, 벽은 전혀 뚫리지 않았다.

"뭐가 이리 단단해?"

릴테인도 멍하니 서 있지 않았다. 애써 냉정을 되찾으며 마법을 준비해 날린다.

"파이어 애로우!"

고기의 벽을 향해 화염 화살이 연달아 작렬했다.

쾅! 콰콰쾅!

아쉽게도 결과는 같았다.

폭음이 일어나고 잠시 후 멀쩡한 고깃덩이들이 꿈틀대는 모습이 보인다.

오러도 마법도, 제 위력을 발휘하기도 전에 암흑에 휩싸여 위세가 죽어 버린 것이다.

"제가 사기를 걷어 내겠습니다!"

떡갈나무 지팡이를 겨누며 알리우스가 신성력을 끌어 올렸다.

"하토바의 빛이여!"

찬란한 섬광이 사방으로 퍼져 나갔다.

모든 사특한 존재를 불사르는 신성한 여신의 광휘였다. 이 빛 앞에 사라지지 않는 어둠은 없었다.

……여태까진 말이지.

어둠은 조금도 사라지지 않았다.

오히려 성스러운 빛을 삼키며 더더욱 위세를 키워 간다.

사방이 죽음의 기운으로 넘실거리고 바닥에 고인 피의 늪이 회오리친다.

"신성력이 통하질 않다니……."

알리우스는 질린 표정을 지었다.

이렇게나 강력한 사령술을 상대하는 것은 처음이었다. 아니, 어둠의 권능이 이렇게 강력할 수 있을 거라 생각해 본 적도 없었다.

"쯧쯧, 이보게, 알리우스 군."

탁기로 가득한 공간 너머로 목소리가 울린다.

"자네들이 만난 이들이 진짜 사령술사라고 생각했나?"

얼핏 안쓰러워하는 듯한…….

"아니지, 아니야."

실상은 지극히 조롱으로 가득한 목소리다.

"생각해 보게. 사령술이란 게 고작 그 정도였다면 왜 7여신교가 대대로 어둠의 권능을 그리 경계했겠나?"

현재 대륙 전역에 창궐하는 '종말의 어둠'의 사역자들.

이들 대부분은 사령술이 뭔지 모른다. 그냥 힘이 생겼기에 그걸 휘두를 뿐이다.

말하자면 우연히 보검을 주운 것과 같다.

손에 쥔 검을 막무가내로 휘두른다 해서 검술가라 할 수 있나?

"얼뜨기들만 상대하다 진짜를 만나 보니 기분이 어떠신가?"

세라티와 릴테인이 신음을 흘렸다.

"으으……."

보이지 않는 압박이 더욱 강해진다. 그저 서 있는 것만으로도 정신이 흐릿해지고 호흡이 가빠 온다.

사방을 둘러보는 알리우스의 안색이 창백해졌다.

'젠장, 이제 어찌해야 하지?'

지옥 같은 풍경, 뇌수를 후벼 파는 듯한 자욱한 암흑을 눈앞에 두고도 바로스는 태연했다.

'이야, 이 정도면 진짜 사령술사라고 자처할 만하네?'

다른 이들은 이 끔찍한 풍경과 어둠의 기운에 공포를 느끼겠지만 그는 다르다.

'간만에 보니 그립구만, 이거.'

왕년에 지겹게 봐 왔던 광경인 것이다.

카르나크가 빽 하면 펼쳐 낸 뒤 적들을 조졌던 평범한 사령결계 중 하나였으니까.

물론 그때와 달리 이 공간이 더 이상 아군이 아니지만 뭐, 상관없다.

사령술의 극의에 도달한 자, 사령왕 카르나크가 옆에 있는데 대체 뭐가 걱정이란 말인가?

'오히려 좋은 일이지.'

이 정도로 강력한 사령술사라면 종말의 어둠도 많이 처먹었을 터!

'잘하면 바로 집에 돌아갈 수 있을지도?'

기대하며 바로스가 힐끔 옆을 보았다.

딱딱하게 굳은 얼굴로 주위를 살피는 카르나크가 보였다.

그는 새삼 감탄했다.

'역시 우리 도련님이 연기력 하나는 죽이신다니까? 오래 모신 나에게조차도 정말 당황한 것처럼 보일 정도잖아?'

저 노련한 연기력은 정말이지 본받을 만하다.

자신도 열심히 경악한 표정을 지어 주며 바로스가 마법 전언을 몰래 날렸다.

[자, 도련님. 이제 어떻게 합니까요?]

이제 곧 카르나크가 평소처럼 사령력의 흐름을 파악한 뒤 결계의 약점을 가르쳐 줄 것이다. 자신은 그냥 시키는 대로 그 부분을 찔러 주기만 하면 된다.

그렇게 태연하게 지시를 기다리고 있었는데…….

[도련님.]

어째 카르나크의 답변이 없다?

[도련님?]

시종일관 '당황한 연기'만 하고 있다?

[왜 그러세요? 사령술 처음 보는 사람처럼.]

그제야 답변이 돌아왔다.

[처음 본다.]

[네?]

[이런 거 처음 본다고!]

[……네에?]

카르나크는 식은땀을 흘리고 있었다.

'이게 대체 어떻게 된 거지?'

슈트라프가 펼친 사령결계는 상당한 수준이었다. 사령술사가 귀했던 전생의 세상, 그때의 기준으로도 족히 일류 사령술사에 비견될 만했다.

그래 봤자 카르나크 입장에선 삼류지만.

사령왕이 보기엔 여전히 하찮다. 가볍게 집중하기만 해도 마력의 흐름과 수법이 손에 잡힐 듯 뻔히 보인다.

문제는, 뻔히 보이기만 한다는 것이었다.

'왜 사령력에 신성력이 섞여 있는 거야?'

현재 펼쳐진 사령결계는 순수한 어둠의 기운으로만 형성된 것이 아니었다.

검은 마력의 흐름 속에 신성한 빛의 궤도가 복잡하게 겹쳐 있었다.

저 신성력의 융합이, 뻔히 보이는 사령결계를 정작 파훼는 할 수 없는 제3의 수법으로 바꿔 버린 것이다.

'빛과 어둠이 융합되었다고? 이게 말이 되나?'

저걸 상식적인 표현으로 바꾸면 이거다.

빛이 어둠을 정화하고 있다.

저런 상태라면 내버려 둬도 사령결계가 알아서 붕괴해야 정상이었다. 사령력과 신성력은 절대 양립할 수 없으니까.

그런데 양립하고 있다. 그것도 너무나 자연스럽게.

'어떻게 이런 게 가능하지?'

지나치게 상식 밖이라 가설조차도 떠오르지 않았다.

게다가 느긋하게 가설이나 정립하고 있을 상황도 아니었다.

'이래서야 내가 할 수 있는 게 없는데!'

여태 카르나크는 온갖 사령술사들을 상대하면서도 전혀 고생하지 않았다.

이는 그의 마력이 적들보다 높아서가 아니다.

시공 회귀 후, 일부러 혼돈마력만을 키워 온 카르나크였다. 어떻게든 최소한의 힘만으로 상황을 처리하면서 사령술

연마를 최대한 피해 왔다.

그렇다 보니 사령력 자체는 지극히 적다.

순수하게 사령력만으로 따지면 저 대가리 터져서 나자빠진 얼뜨기 사령술사들조차도 카르나크의 10배는 넘을 것이다.

그럼에도 여태 손쉽게 사령술사들을 처리한 이유는 상대의 약점을 뻔히 파악하고 있기 때문이다.

거의 예지나 다름없는 수준이었으니, 뭔 짓을 해도 미리 선수를 쳐 사령술 발동을 막고 간단히 제압할 수 있었다.

하지만 지금은 그 수법이 불가능하니…….

[바로스, 긴장해라.]

오직 혼돈마력과 한 줌의 사령력만으로 저자를 상대해야 한다.

[재수 없으면 우리, 여기서 죽는다.]

카르나크는 침을 삼켰다. 이 시대로 회귀한 뒤 처음으로 위기감이 느껴지고 있었다.

바로스의 안색도 바로 굳었다.

[그런 상황이에요?]

자세한 건 모르겠다. 하지만 카르나크의 저런 표정은 너무나도 잘 안다.

[에잉, 어쩐지 그동안 너무 잘 풀린다 싶더라.]

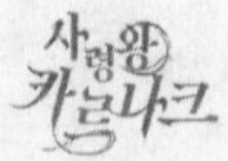

“도망칠 방법 따위는 없다…….”

섬뜩한 목소리와 함께 암흑의 공간이 움직였다. 피의 늪이 꿈틀대며 수십 줄기의 촉수가 솟구쳐 허공을 갈랐다.

“제물들아, 그 어리석은 영혼을 어둠에 바쳐라!”

릴테인이 황급히 바람의 마법을 준비했다.

“질풍이여, 참수의 칼날이 되리! 윈드 블레이드!”

세라티도 투기검을 날렸다.

바람의 칼날과 붉은 오러가 늪을 가르며 퍼져 나가 촉수들에 적중했다.

파파팟!

날아들던 촉수들이 동강 나 사방으로 흩어졌다. 릴테인이 중얼거렸다.

“어, 이번엔 먹히나?”

아까는 오러도 마법도 전혀 통하지 않았는데 이번엔 제대로 공격이 들어간 것이다.

막 알리우스 일행이 화색을 띠려던 차였다.

싸늘한 카르나크의 음성이 들렸다.

“좋아할 것 없습니다. 일부러 당한 것일 뿐이니까.”

“네?”

의아해하는 세라티의 눈에 기이한 광경이 비쳤다.

나가떨어진 촉수들이 일제히 다른 형태로 변한다. 저마다 2미터에 달하는 암흑의 거인이 되어 기괴한 소음을 내뱉기 시작한다.

고오…….

고오오…….

피와 어둠으로 이루어진 사령 인형, 카오틱 골렘이었다.

골렘들이 일제히 일행에게 덤벼들기 시작했다. 알리우스가 신성한 장막을 펼쳤다.

"하토바여! 당신의 종을 가호하소서!"

반구 형태의 성광이 일행의 주위를 휘감았다. 황금빛 장막이 잠시 밀려오는 골렘들을 밀어냈다.

하지만 오래가지는 못했다.

고오오오!

괴성과 함께 카오틱 골렘들이 빛의 장막을 두들기기 시작한 것이다.

쾅! 쾅! 콰쾅!

일격, 일격이 꽂힐 때마다 폭음이 울리며 장막이 일그러졌다. 알리우스가 연신 신음을 터트렸다.

"크! 크윽!"

골렘의 공세가 퍼부어질 때마다 충격이 역류해 그를 강타하고 있었다.

단순한 물리력이 아니라 어둠의 기운이 실린 주먹질인 탓

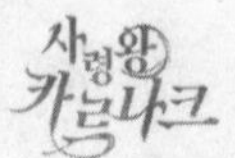

이었다.

"소용없소이다, 알리우스 신관."

조롱이 들려온다.

"그대의 빛은 진실된 어둠 앞에 너무도 미약할 뿐이니."

내장이 뒤틀리며 피가 솟구친다.

"쿠, 쿨럭!"

각혈하며 알리우스가 비틀거렸다.

릴테인이 정신을 집중하며 외쳤다.

"조금만 버텨 주시오!"

언제 이 장막이 깨질지 모른다. 그러니 최대한 강력한 마법으로 상황을 뒤집어 놓을 필요가 있다.

주문이 끝나자 릴테인이 완드를 머리 위로 치켜들었다.

"만물을 태우는 광포한 폭염이여, 플레임 스트라이크!"

현재 그가 구사할 수 있는 최강의 화염계 주문이었다.

거대한 불기둥이 홀을 가득 메우며 골렘들을 일거에 쓸어갔다.

콰콰콰콰콰!

아니, 쓸어 가는 줄 알았다.

불기둥이 날아드는 순간 카오틱 골렘들이 입을 벌렸다. 어둠을 토하며 놈들이 굉음을 발했다.

고오오오!

폭염이 어둠에 휘감겨 모조리 사그라졌다.

흩어지거나 박살 난 것이 아니다. 아예 소멸해 버린 것이다.

"저런, 남의 집에 함부로 불을 지르면 쓰나?"

혀를 차는 목소리와 함께 결국 빛의 장막이 깨졌다.

콰앙!

카오틱 골렘들이 몰려와 일행을 덮친다.

거대한 어둠의 손아귀가 알리우스의 목을 움켜쥐었다.

"윽! 하, 하토바시여……."

애써 신성 주문을 발동하려 했지만 소용없었다. 어둠이 전신을 파고들며 신성력의 발동 자체를 막아 버린다.

유쾌한 목소리가 울렸다.

"역시 신관부터 확보해야지."

릴테인 역시 상황은 비슷했다.

'제길! 어서 다음 마법을 날려야 하는데…….'

워낙 큰 마법을 날린 직후라 마나가 들끓고 있었다. 잠시만 호흡을 조절하면 다시 마법을 쓸 수 있을 텐데, 그 '잠시'가 주어지지 않는다.

퍼억!

골렘 하나가 그를 두들겨 쓰러뜨리고 짓밟았다. 발바닥에 깔린 채 릴테인이 꿈틀거렸다.

"으, 으어어억!"

그리고 이내 축 늘어졌다.

역시나 어둠의 침범에 의해 정신이 제압당한 것이다.

"자, 상급 마법사도 잡았고."

슈트라프의 관심이 세라티에게로 옮겨졌다.

"이제 남은 건 저 아가씨뿐인가?"

물론 아직 카르나크와 바로스도 남아 있긴 하다. 하지만 슈트라프는 그들에겐 별 관심을 두지 않았다.

투기도 각성 못 한 평범한 기사와 4서클의 중급 마법사일 뿐이었다. 오러 유저에 비하면 하찮은 제물이라 우선순위에서 밀리는 것이다.

세라티는 아직 버티고 있었다.

"헉, 헉헉!"

동료들이 연달아 쓰러졌음에도 결코 절망하지 않고, 연신 투기검을 휘두르며 카오틱 골렘들을 노린다.

"타아아앗!"

하지만 통하지 않았다.

아무리 투기검을 휘둘러도 모조리 골렘들이 두른 어둠의 갑옷 앞에 가로막힐 뿐이었다.

결국 일격을 허용했다.

육중한 정권이 그녀의 어깨를 강타한다.

퍼억!

간신히 비껴 맞긴 했지만 충격으로 움직임이 잠시 멈췄다.

그 틈에 골렘의 우악스러운 손아귀가 그녀의 목을 움켜쥐었다.

"이, 이익!"

다급히 투기검으로 골렘의 팔을 자르려 했지만 소용없었다. 여전히 카오틱 골렘은 생채기 하나 나지 않았다.

"참으로 알찬 영혼이로구나."

허공에서 흡족해하는 목소리가 흘러나왔다.

"그대는 실로 훌륭한 제물이 될 것이다."

그때였다.

휘익!

갑자기 평범한 강철 검이 골렘의 팔뚝을 노리고 날아들었다. 요란한 금속성과 함께 두꺼운 팔뚝이 바로 잘려 나갔다.

타앙!

잘린 골렘의 팔뚝이 힘을 잃고 세라티의 목을 도로 풀었다. 틈을 타 바로스가 그녀를 안고 뒤로 물러섰다.

"괜찮습니까, 세라티 양?"

세라티는 눈을 휘둥그레 떴다.

투기검으로 아무리 베어도 소용없던 암흑의 갑옷이, 고작 강철 검에 수수깡처럼 잘린 것이다.

"어, 어떻게?"

"허업!"

기합을 터트리며 바로스는 눈앞의 골렘에게 보디 태클을 날렸다.

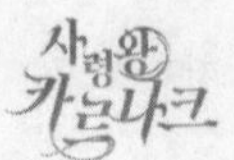

어깨부터 깊이 파고들며 중심을 흔드는, 일견 무식해 보이지만 사실은 굉장히 세련된 레슬링 기술이었다.

골렘이 아무리 단단해 봐야 사람 형상을 하고 있는지라 무게중심도 비슷하다. 순간 균형이 무너지며 놈의 두 발이 허공에 떴다.

그 틈을 놓치지 않고 바로스가 골렘의 몸통에 검을 찔러 넣었다.

"에잇! 좀 뚫려라!"

강철의 칼날이 암흑의 갑옷을 비집고 들어갔다. 검은 피가 관통된 상처를 통해 쏟아져 나왔다.

"이번엔 통했나?"

골렘의 거체가 서서히 무너진다.

재빨리 물러서며 바로스는 검을 좌우로 휘둘렀다. 칼날에 맺힌 어둠이 사방으로 튀었다.

"하이고, 한 놈 해치우기 정말 힘드네……."

투덜대는 거구의 사내를 보며 세라티는 경악했다.

오러 유저인 자신도 어쩌지 못한 것을, 투기도 각성하지 못한 기사가 베어 버렸다고?

그렇다고 바로스의 검이 무슨 강력한 마법 무기인 것도 아니다. 잘 만들어지긴 했지만 딱히 마법 같은 건 걸려 있지 않은 평범한 강철 검이다.

"어떻게 한 거예요?"

"어, 그게……."

바로스의 목소리는 이어지지 못했다.

고오오오-!

다른 카오틱 골렘들이 재차 달려든 탓이었다.

"으헉!"

허겁지겁 바로스가 전투를 이어 갔다.

덤벼드는 골렘을 피해 좌측으로 빠져나가 참격을 날리고, 곧바로 검을 수거하며 몸을 돌려 우측으로 파고든다.

타탕!

요란한 금속음이 울리며 어깨를 베인 골렘이 검은 피를 뿜었다.

반면 복부에 칼날을 맞은 다른 한 놈은 멀쩡하다.

세라티는 깨달았다.

'그렇구나!'

저 골렘의 전신이 전부 투기검을 버틸 정도로 강한 것은 아니다. 군데군데, 평범한 참격조차도 통할 정도로 약한 곳이 있다!

그녀는 몸을 날렸다. 그리고 골렘 한 놈을 노려 투기검을 뻗었다.

'여기가 약점이야!'

붉은 오러가 카오틱 골렘의 어깨를 강타했다. 바로스가 노렸던 바로 그 위치였다.

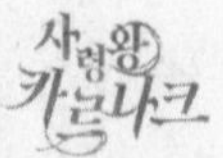

단 한 번 본 것만으로 정확하게 같은 부위를 찌른 것이다.

과연 오러 유저다운 가공할 감각이었다.

……통하지는 않았지만.

타앙!

또 투기검이 튕겨 나갔다.

손아귀가 저릿해지는 걸 느끼며 세라티는 당황했다.

'분명히 똑같은 위치를 노렸는데!'

그 와중에도 바로스는 계속 골렘들을 상대하고 있었다.

정신없이 치고 빠지며 골렘들을 베어 간다.

그때마다 어떤 놈은 쓰러지고, 어떤 놈은 문제없이 계속 움직인다.

그런데 그 과정에 일관성이 없었다.

허리를 베인 놈은 쓰러지고 다리를 베인 놈은 멀쩡하다?

당연히 허리가 약점인가 싶은데, 꼭 그렇지도 않았다.

어떤 놈은 다리를 베였는데 그냥 잘리고, 어떤 놈은 허리를 찔렸는데도 끄떡없다.

아까는 가슴을 찔렀는데 뚫리고, 이번엔 가슴을 찔러도 그냥 튕겨 내는 식이었다.

'이게 뭐야?'

세라티는 극심한 혼란에 빠졌다.

'설마 골렘들마다 약점이 전부 다른 건가?'

그것도 이상하다.

그럼 바로스는 저 수많은 골렘들이 지닌 각기 다른 약점을 전부 꿰뚫어 보고 있다는 소리가 된다.

'대체 무슨 수로?'

패닉에 빠진 세라티를 훔쳐보며 바로스는 내심 혀를 찼다.

'이걸 뭐라고 설명해야 하지?'

네크로피아의 2인자, 세계를 정복한 사령왕의 최고 심복답게 그에겐 수많은 어둠의 수하들이 있었다. 그리고 개중엔 카오틱 골렘으로 이루어진 군단도 존재했다.

덕분에 이놈들의 약점도 확실히 꿰고 있다.

카오틱 골렘은 독립적으로 움직이지 않는다. 어디까지나 결계 내에서만 힘을 받아 움직이는 놈들이다.

지금은 사방에 깔린 피의 늪이 힘을 주입하는 매개체였다. 여기서 지속적으로 어둠의 마력을 주입받으며 작동하고 있었다.

'이게 이놈들의 문제점이었지.'

마력 주입 과정에서 어쩔 수 없이 흐름이 비는 곳이 생기는 것이다.

마력이 충만할 땐 오러 유저의 투기검조차 막아 내지만, 흐름이 비면 평범한 검으로도 쑥 찔리게 된다.

물론 그렇다 해서 카오틱 골렘이 무용지물이란 소리는 아니다.

저 흐름의 빈틈은 항상 같은 위치에 생기지 않는다. 골렘의 움직임에 따라 마력의 흐름도 제각각이니, 빈틈 역시 그때그때 바뀐다.

골렘의 모든 움직임을 일일이 파악하고, 그때마다 달라지는 빈틈의 위치도 모조리 외운 뒤, 정확한 타이밍에 그 위치를 정확히 찔러야 겨우 약점 공략이 가능해지는 것이다.

왕년에도 저런 짓거리가 가능한 건 대륙 최강이었던 제국 기사단 정도였다. 카르나크의 사령 군단과 싸우며 지겹도록 경험을 쌓은 그들이기에 저런 미친 짓도 할 수 있었다.

그리고, 지겹도록 제국 기사단을 상대했던 바로스 역시 같은 짓이 가능하다.

놈들이 카오틱 골렘 자빠뜨리는 꼴을 한두 번 봤어야지?

워낙 자주 겪다 보니 싫어도 카오틱 골렘의 움직임과 약점을 외우게 된 것이다.

그것이 지금의 그를 살려 주고 있었다.

'거참, 그 꼴 보기 싫던 제국 기사 놈들을 따라 하는 날이 올 줄이야.'

이렇듯 오로지 경험만이 전부인 수법인지라 도저히 세라티에게 알려 줄 수가 없었다.

느긋하게 설명할 시간도 없고, 설명해 봐야 더 헷갈려서 움직임만 꼬이겠지.

패닉에 빠진 그녀의 시선을 느끼며 바로스는 속으로 사죄를 건넸다.

'미안하오. 재주껏 살아 보쇼. 운 좋으면 같이 도망칠 수도 있겠지.'

사실 그라고 속 편한 상황은 아니었다.

전생 때나 데스 나이트 로드였지, 지금은 투기도 각성 못 한 평범한 기사일 뿐이다. 이대로 버티고 있어 봐야 결국 체력이 다 떨어지면 끝장이다.

도망이라도 제대로 치려면 카르나크를 믿는 수밖에 없는데…….

'도련님은 대체 뭐 하시는 거지?'

가쁜 숨을 몰아쉬며 바로스는 왕년의 사령왕을 힐끔거렸다.

그는 아까부터 혼돈마법만으로 카오틱 골렘들을 상대하고 있었다.

'슬슬 사령술 쓰셔야 하는 거 아닌가? 정체 숨기고 자시고 할 상황이 아니잖아?'

거구의 골렘이 정면으로 밀고 들어온다.

고오오오!

침착한 어조로 카르나크는 시동어를 외웠다.

"아케인 디스크."

마력의 원반이 날아가 정확히 골렘의 다리를 베었다. 육중한 거구가 비틀거리며 피의 늪에 처박혔다.

쿠웅!

동시에 이어지는 화염계 마법.

"파이어 블레이드."

다른 한 놈의 심장이 불의 검에 꿰뚫린다. 덤벼들던 골렘 2기가 간단히 무력화된다.

하지만 여전히 놈들의 숫자는 많다. 아군이 당하건 말건 무식하게 계속 밀고 올 뿐이다.

고오오오!

하지만 카르나크는 포위되지 않았다.

"윈드 워크."

풍계 마법으로 미끄러지듯 이동하며 유리한 위치를 선점한다. 그리고 곧바로 추가타를 날린다.

"매스 매직 애로우."

콰콰콰쾅!

마법 화살이 일제히 날아가 카오틱 골렘의 머리를 노린다.

6서클 화염계 마법에도 끄떡없던 놈들이, 고작 1서클의 기초 주문인 매직 애로우에 의해 머리통이 펑펑 박살 난다.

콰콰콰쾅!

오직 4서클 이하의 주문들만 구사하면서도 카르나크는 쉽사리 골렘들을 쓰러뜨리고 있었다.

애초에 바로스도 할 수 있는 걸 그가 못 할 리 없는 것이다.

빛에 오염되어 어둠의 흐름이 영 이상하다 해도 일단 보이기는 뻔히 보인다. 그럼 당연히 빈틈도 파악하기 쉽지.

문제는 이대로 계속 골렘들을 쓰러뜨려 봐야 상황이 나아지진 않는다는 점이었다.

계속 마법을 날리며 카르나크는 초조해했다.

'아, 이것 참…….'

카오틱 골렘은 피의 늪으로부터 계속 힘을 받아 움직인다.

즉, 피의 늪이 멀쩡한 이상 이놈들을 아무리 조져 봐야 늪 속에서 계속해 재생할 뿐이다.

그러니 본진 자체를 박살 내야 하는데…….

'……도통 먹히질 않잖아, 이거?'

바로스의 의문과 달리 그는 진작부터 사령술을 쓰고 있었다. 그저 겉으로 드러나지 않았을 뿐.

전투 도중에도 기회를 틈타 은밀하게 발치로 사령력을 흘려보낸다. 어둠의 기운을 피의 늪으로 침투시켜 사령술의 지배력을 빼앗으려는 속셈이다.

그런데 자꾸 도중에 막힌다.

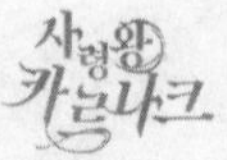

저 빌어먹을 오염된 신성력이 사령력과 섞여 있는 탓이다.

그래도 명색이 사령왕이라 결계 구조의 빈틈을 파고드는 것까진 해냈는데 지배력을 빼앗을 수가 없다.

'이대로는 당해.'

카르나크의 안색이 점점 더 굳어져 갔다.

'뭔가 다른 방법을 찾아야 하는데…….'

란펠트 저택 지하의 음습한 공간.

검붉은 피의 결계진 위에 검은 그림자가 비쳤다.

전신에 어둠의 촉수가 꽂혀 꿈틀대는 기괴한 형태의 중년 사내, 타락한 성직자 슈트라프였다.

"으음……."

그는 의아해하고 있었다.

'대체 저놈들이 무슨 짓을 한 거지?'

실은 그 역시 세라티 못지않게 당황한 상태였다.

'왜 카오틱 골렘이 저렇게 쉽게 쓰러지는 거야?'

카오틱 골렘은 강력한 신관인 알리우스도, 6서클 마법사와 오러 유저도 상대하지 못한 괴물이었다. 과연 사령술서에 적힌 위력 그대로였다.

그런데 왜 그들보다도 약한 저 두 놈은 저리 쉽게 상대한

단 말인가?

'카오틱 골렘에 무슨 약점 같은 게 있나?'

모르겠다.

그가 본 사령술서엔 그런 내용 따위 없었으니까.

슈트라프가 터득한 사령술의 지식은 전부 하토바 교단이 보관하고 있던 서적들로부터 비롯된 것이었다.

아이러니한 이야기지만, 현 대륙에서 가장 많은 사령술서를 보유하고 있는 곳은 7여신교였다.

적의 수법을 제대로 알고 있어야 제대로 상대할 수 있는 법. 사령술사들을 쓰러뜨릴 때마다 만일을 대비해 놈들이 지녔던 사령술서들을 신전에 보관한 것이다.

고위 성직자인 슈트라프는 교단 몰래 몇몇 사령술서를 빼돌려 익혔고, 덕분에 일류 사령술사에 버금가는 강력한 어둠의 권능을 다룰 수 있게 되었다.

하지만 기초부터 착실히 쌓아 올린 지식이 아니다 보니 깊이가 없었다.

사령술을 펼칠 수는 있는데 대체 무슨 원리로 발동되는 건지는 모른다.

그냥 책에 적힌 대로 결계 깔고 주문 외웠더니 이렇게 되더라, 이게 전부다.

'아무래도 저놈들은 내가 모르는 뭔가를 알고 있는 모양인데…….'

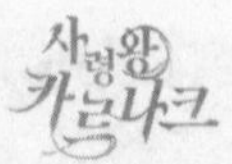

어쨌든 한 가지는 확실했다.

카오틱 골렘은 영 효율성이 떨어진다는 것.

하지만 딱히 문제 될 것은 없었다.

'수법을 바꾸면 그만이지.'

그가 터득한 사령술에는 카오틱 골렘 소환술만 있는 것이 아니다. 피의 늪을 이용해 부를 수 있는 어둠의 권속은 충분히 다양하다.

슈트라프는 사령력을 끌어 올렸다.

"운 좋게 카오틱 골렘을 상대하는 법을 알고 있었나 본데……."

암흑의 기운이 촉수를 타고 흐르며 석벽을 통해 퍼져 나가기 시작했다.

"그럼 이건 어떨까? 후후후……."

카르나크와 바로스가 카오틱 골렘들을 쉽게 상대한다 해서 세라티의 상황이 나아지지는 않았다.

골렘들이 그녀는 놔둔 채 저들하고만 싸우지는 않으니까.

간신히 위기는 벗어났지만 단지 그뿐, 여전히 세라티는 몰리고 있었다.

"헉, 헉헉……!"

아무리 오러 유저라도 체력이 무한대는 아니다. 특히나 지금처럼 매번 오러를 발하며 기력을 뭉텅뭉텅 쓸 때는 더더욱 그렇다.

점점 더 오러의 흐름이 끊기는 빈도가 높아진다. 한계에 도달한 상태다.

초조한 심정으로 세라티는 카르나크를 돌아보았다.

자신보다 약한 이들이지만 지금 이 순간만큼은 저들이 그녀의 생명줄이었다.

"이, 이제 어떻게 해요?"

다급하게 그녀가 소리칠 때였다.

상황이 또 급변했다.

모든 카오틱 골렘이 일제히 무너져 내리며 피의 늪으로 돌아간다. 동시에 붉은 파동이 늪의 중심에서 퍼져 나와 일행을 덮친다.

파아아앗!

충격파에 휘말려 세라티가 뒤로 날려 갔다.

전혀 전조가 없어 미처 대처할 수도 없었다.

"으윽!"

반면 카르나크와 바로스는 몇 발자국 밀려날 뿐 버티고 있었다.

이 상황을 예상이라도 한 듯 카르나크가 실드를 펼쳐 충격파를 비껴 낸 것이다. 바로스도 미리 그 위치로 이동한 후였고.

“정말 신기한 놈들이군. 어디서 그런 지식을 얻었는지 모르겠어.”

슈트라프의 조롱이 이어졌다.

“하지만 동료를 너무 등한시하는 것 아닌가?”

방금의 충격파로 세라티와 카르나크 일행의 거리가 멀어진 것이다.

피의 늪에서 푸른 악령이 솟구쳐, 혼자가 된 세라티에게로 쇄도해 갔다.

캬아아아아—!

‘아차!’

다급히 바로스가 그녀를 구하려 했지만 너무 늦었다. 악령이 먼저 세라티를 덮쳤다.

쓰러진 그녀가 억지로 검을 들어 최후의 투기검을 발했다.

“이익!”

역시나 오러는 통하지 않았다.

마치 환영처럼, 악령이 붉은 검광을 그대로 통과해 세라티를 손톱으로 베어 간다.

서걱!

그녀의 두 팔이 잘려 나갔다.

피는 없었다. 단면이 검게 탄화되어 매캐한 내음만을 떨칠 뿐이었다.

"아아아악!"

극도의 고통으로 세라티가 처절한 비명을 터트렸다.

흐뭇해하는 슈트라프의 목소리가 울렸다.

"이걸로 오러 유저도 확보했군."

쓰러지는 그녀를 악령이 막 낚아채려던 차였다.

회심의 미소를 지으며 카르나크가 양팔을 떨쳤다.

"이제야 빈틈을 보였구나, 초짜 사령술사 양반!"

무지막지한 어둠이 그의 전신에서 뿜어져 나왔다. 암흑의 파동이 악령을 덮치며 순식간에 녹여 버렸다.

끼에에에엑!

동시에 공간 전체가 뒤흔들리기 시작했다.

경악한 슈트라프의 음성이 울렸다.

"사령력? 네놈도 사령술사였단 말이냐!"

흔들리던 공간이 폭음과 함께 무너져 내린다.

쾅! 콰쾅! 콰아아아앙!

무너져 내린 공간의 저편으로, 일행이 들어왔던 저택 입구가 여실히 드러난다.

통쾌해하는 카르나크의 광소가 이어졌다.

"뻥 뚫렸다! 크하하핫!"

공간이 변화한다.

홀을 뒤덮고 있던 피의 늪과 어둠의 촉수들, 고기의 벽이 허물어지고 원래의 모습이 드러난다.

사령결계가 제어에서 벗어난 탓이었다.

'이, 이게 왜 갑자기 말을 안 듣지?'

슈트라프는 오만상을 찌푸렸다.

정황을 봤을 때 분명 저 카르나크란 놈이 저지른 짓인데…….

'대체 뭘 한 거냐!'

결계가 부서진 것은 아니다. 여전히 그가 펼친 그 상태 그대로, 어둠의 마력을 내뿜고 있다.

사령력이 도중에 가로막힌 것도 아니다. 여전히 그의 의지대로 착실히 전달되어 이치대로 결계 위를 흐르고 있다.

분명 사령술서에 적힌 대로 실수 없이 해냈다. 모든 것이 잘 돌아가고 있었다.

그런데 갑자기, 되던 게 안 되는 것이다.

'뭐가 어떻게 된 거야?'

무너져 내리는 사령 공간을 지켜보며 카르나크는 차갑게 웃었다.

'모르겠지?'

결계가 깨져 가는데도 영 반응이 없다. 슈트라프가 극도로 당황했다는 증거다.

'아무렴, 알 리가 없지.'

카르나크를 혼란에 빠트렸던 빛과 어둠의 혼합 결계.

내내 결계의 지배력을 빼앗으려 시도했지만 도저히 파훼할 수 없었다. 솔직히 좌절감마저 들 지경이었다.

'아니, 세상에 아직도 내가 모르는 사령술이 존재한단 말이야?'

특히나 좌절감이 드는 부분은, 사령왕이었던 자신조차도 이해 못 하는 수법을 원래는 신관이라는 작자가 구사하고 있다는 점이었다.

전생하며 모든 권능을 잃었으니 힘에서 밀리는 건 이해한다.

하지만 지식과 지혜만큼은 여전히 궁극의 사령술사라 자부하고 있었거늘!

그때 문득 깨달은 것이다.

뭔가 이상하다.

그렇다면 저 슈트라프는 궁극의 사령술사, 세계를 정복하고 7여신교와 용황제조차 몰락시킨 괴물 중의 괴물, 사령왕 카르나크조차도 모르는 심오한 지혜와 지식의 소유자라는 소리가 된다.

저게?

고작해야 카오틱 골렘 따위나 소환하면서 잘난 척하는 저놈이?

'이거…….'

합리적인 의심이 들었다.

'실은 저 인간도 모르는 거 아냐?'

혹시나 싶어 방법을 바꿔 보았다.

상대의 어둠, 그 제어권을 빼앗는 것이 아니라 아예 그 위에 사령결계를 하나 더 깐다!

원래대로라면 바보짓이었다.

상대에게 힘을 더해 주는 짓일 뿐이니까.

사령술에 대한 기본적인 이해만 지니고 있어도 금방 파훼될 수법이었다.

아니, 수법이라 부를 수도 없는 수준이었다.

하지만 이 빛과 어둠의 융합이 무슨 심오한 술법에서 비롯된 게 아니라면, 그냥 우연히 벌어진 일이고 슈트라프 본인도 이유를 모른다면…….

'저놈도 나랑 같은 입장이란 소리지.'

술법을 바꾸는 순간 혼선이 일어날 것이다!

예상대로 슈트라프는 전혀 상황을 수습하지 못했다.

아니, 애초에 혼선이 일어났다는 사실조차 모르는 것 같았다. 알아차렸다면 최소한 수습하려는 시도쯤은 했어야 했다.

결국 사령결계는 완전히 정지해 버렸다.

원래의 모습으로 돌아간 저택 1층 홀을 돌아보며 카르나크는 쓴웃음을 지었다.

'네놈도 수박 겉핥기로 익힌 놈일 뿐이구나.'

수박을 건드려 보지도 못한 다른 놈들보다야 훨씬 낫다만, 그래도 진짜 수박 맛을 모른다는 건 마찬가지다.

덕분에 이들을 제압하던 사령결계는 더 이상 존재하지 않게 되었다.

카르나크가 외쳤다.

"바로스, 튀자!"

안 그래도 지시만을 기다리던 바로스였다.

"넵!"

기다렸다는 듯 출구 쪽으로 뛰쳐나가려 할 때였다. 먼저 빠져나가던 카르나크가 버럭 소리를 질렀다.

"야, 저 아가씨도 챙겨야지! 버리고 갈 거냐?"

그렇다.

아직 세라티가 쓰러져 있는 것이다. 그것도 두 팔이 잘린 끔찍한 몰골로.

"헉!"

순간 바로스는 경악했다.

'도련님이 다른 사람을 신경 쓴다고?'

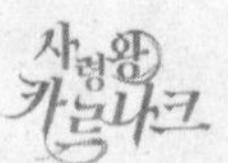

동시에 자괴감도 느껴졌다.

잠깐 그녀를 걱정하긴 했지만 금방 잊어버린 바로스였다. 그런데 카르나크는 어느새 타인의 안위를 챙길 만큼 '사람답게' 변했단 말인가?

'이럴 수가! 내가 아무리 그래도 저 인간보다는 사람답다고 생각했는데!'

깊은 자기반성과 함께 바로스는 허겁지겁 세라티에게 달려갔다.

"저, 저리 꺼져…… 사령술사 놈……."

의식이 흐릿한 와중에도 그녀가 발버둥을 쳤다.

'아, 이 아가씨도 도련님이 사령술 쓰는 걸 봤지, 참?'

짙은 배신감으로 인한 증오 가득한 시선이 그에게 쏘아지고 있었다.

"그동안 우릴 속이다니…… 이 간악한……."

바로스는 신경 쓰지 않았다.

'이런 시선, 하루 이틀 받아 본 것도 아니고.'

발버둥 치건 말건 무시하고 어깨에 짊어졌다.

그러자 그녀의 전신이 축 늘어졌다. 기력이 다해 기절한 것이었다.

'들고 가긴 편해졌구만.'

곧바로 출구를 통해 저택 앞마당으로 뛰었다. 그리고 초조하게 기다리는 카르나크에게로 다가가 감탄한 듯 말했다.

"도련님, 변하셨네요. 이 아가씨도 다 챙기라고 하시고."

당연하다며 카르나크가 대꾸했다.

"오러 유저는 제물로서의 가치가 높지. 우린 그냥 죽이려 하겠지만 이 아가씨는 산 채로 확보하고 싶을 거다. 방패로 쓸 수 있어."

바로스는 환하게 웃었다.

"그럼 그렇지."

"……?"

"역시 도련님은 기대를 저버리지 않으시는구만요."

그래도 아직 자신이 저 작자보다는 조금 더 사람다운 것 같았다.

기쁘다.

"지금 헛소리할 때냐! 뛰어!"

"넵, 넵!"

뻥 뚫린 저택 입구를 통해 두 사내가 뛰쳐나왔다.

앞장선 카르나크와 세라티를 짊어지고 뒤를 따르는 바로스였다.

정원을 가로지르는 두 사람을 보며 슈트라프는 이를 갈았다.

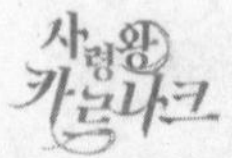

"흥! 놓칠 것 같으냐?"

무슨 일이 일어났는지는 모르겠다. 그가 펼친 사령결계는 여전히 말을 안 듣는다.

하지만, 그렇다고 계속 여기에만 매달릴 필요는 없다.

"제법 잔재주가 있는 모양이지만……."

슈트라프가 지닌 어둠의 권능은 여전히 방대했다. 말 안 듣는 사령결계에 굳이 연연할 이유가 없는 것이다.

그냥 버리고, 새로 펼치면 된다!

"압도적인 힘 앞에서 잔재주 따윈 무용지물!"

굉음과 함께 황량하던 정원의 풍경이 변화하기 시작했다.

웅웅웅웅!

하늘이 어지럽게 회오리치며 핏빛으로 변한다. 땅이 물컹거리며 수십 줄기의 촉수를 뻗어 낸다. 가시넝쿨이 돋아나 거대한 벽이 되어 둘을 가로막는다.

주위를 둘러보며 카르나크가 혀를 내둘렀다.

"사령력 하나는 진짜 넘쳐 나네. 다른 사령술사들을 엄청 잡아먹었나 본데?"

하지만 여전히 별문제는 아니었다.

또 사령결계를 펼친다고?

또 혼선을 일으키면 그만이다!

"허업!"

카르나크가 양팔을 크게 펼쳤다. 어둠이 솟구쳐 사방으로 팔을 뻗었다.

정원을 뒤덮은 짙은 기운에 비하면 너무도 미약한 암흑이었다.

그럼에도 결과는 놀라웠다.

펼쳐지던 사령결계가 도로 사라진다. 마치 시간을 거꾸로 돌린 것처럼 하늘도 대지도 원래의 모습으로 돌아온다.

"젠장, 이것도 안 통하나?"

욕설을 내뱉으며 슈트라프는 수법을 바꿨다.

또 다른 사령결계가 펼쳐지고, 또 세상이 변하고, 또 무너져 내린다. 이런 상황이 계속 반복된다.

그 틈을 노려 두 사람은 열심히 도망쳤다.

그렇게 달리던 중이었다. 바로스가 문득 의아해하며 물었다.

"굳이 도망칠 필요가 있어요, 도련님?"

보아하니 이제 카르나크는 확실히 슈트라프의 수법을 박살 낼 수 있게 되었다.

"그냥 이대로 되돌아가 저놈을 조지는 게 나을 것 같은데요."

카르나크가 고개를 저었다.

"안 돼."

"왜요?"

"저놈이 이것저것 시도하고 있으니까."

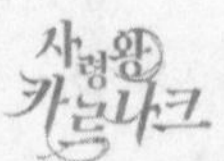

"……네?"

이해 못 한 바로스가 고개를 갸웃거릴 때였다.

정원 곳곳에서 시체들이 일어나기 시작했다.

카르나크 일행이 돌입하며 처치한 란펠트 저택의 병사들이었다. 그들이 슈트라프의 사령술로 인해 좀비로 변한 것이다.

"으으……."

"으으으……."

기괴한 신음을 흘리며 시체 무리가 대지를 걷기 시작한다.

하나같이 평범한 좀비가 아니었다. 어찌나 무식하게 사령력을 때려 부었는지 어지간한 상위 언데드에 필적하는 마물이 되었다.

그럼에도 바로스는 걱정하지 않았다.

'또 알아서 쓰러지겠지, 뭐.'

온갖 고도의 사령결계도 소용없었는데 저거라고 별수 있겠어?

아니었다.

"싸울 준비해라, 바로스."

"엥? 혹시 저놈들한테는 안 통하는 겁니까?"

"그래."

슈트라프의 사령결계는 고도의 수법일수록 무너뜨리기도 쉽다. 술식이 복잡할수록 혼선도 잘 일어나니까.

반대로 이야기하면, 단순한 사령술의 경우엔 잘 통하질 않는다.

“놈이 알고 한 짓은 아니겠지만…….”

이럴 줄 알았다며 카르나크가 전투태세를 갖췄다.

“이것저것 시도하다 보면 결국 하나는 걸리게 마련이지.”

‘이번에는 통한다고? 왜?’

의아해하면서도 슈트라프는 눈을 빛냈다.

이유는 모르겠지만 이번 술법은 방해를 받지 않았다. 그렇다면 이 기회를 놓칠 수 없다!

“가라, 나의 권속들아!”

좀비들의 형태가 변화했다.

흉측한 송곳니가 돋아나고 손톱이 짐승의 그것으로 변화한다. 뼈대가 기괴하게 뒤틀리고 근육이 부풀어 오른다.

“놈들을 갈기갈기 찢어 그 영혼을 내게 바쳐라!”

인간도 짐승도 아닌, 원래의 모습조차 찾아볼 수 없게 된 저주받은 괴물들이 고통에 찬 포효를 터트렸다.

“크아아아!”

덤벼드는 기형 좀비 무리를 향해 바로스가 검을 떨쳤다.

“타아앗!”

어깨에 세라티를 짊어진 채 한 손만으로 검을 휘두르는데도 움직임에 거침이 없었다. 예전부터 사람 짊어지고 싸운 경험이 워낙 풍부한 덕이었다.

'내가 탈진한 도련님 짊어지고 싸운 적이 한두 번이어야지!'

다행히 이번 생애엔 카르나크도 몸이 상당히 좋아졌다. 덕분에 자기 발로 돌아다니면서 마법을 쓰는데도 제법 여유가 있었다.

"순수한 파괴의 빛이여, 아케인 버스트!"

파괴의 섬광을 연신 날려 다가오는 괴물을 밀어낸 뒤 사령술을 발동한다.

"어둠의 칼날이여, 네 주인을 지켜라, 다크 블레이드!"

검은 칼날이 접근하는 좀비들을 연거푸 베어 갔다.

그렇게 바로스와 카르나크는 밀려오는 좀비 군단을 상대로 치열하게 싸웠다.

당장이라도 무너질 것 같으면서도 신기할 정도로 버티고 또 버틴다.

단순히 언데드와의 전투에 익숙해서만은 아니었다.

'저, 저놈들 보게?'

싸우다 위급하다 싶으면 어깨에 짊어진 세라티를 좀비의 공세 앞으로 슬쩍 내미는 것이다.

"미안해요, 세라티 양!"

오러 유저씩이나 되는 귀한 제물을 함부로 죽일 순 없으니 그때만큼은 공격을 거둘 수밖에 없다.

기가 차 슈트라프는 혀를 내둘렀다.

"뭐 저런 놈들이 다 있나?"

동료를 고기 방패로 쓰다니! 그것도 두 팔이 잘린 가련한 여인이 아닌가?

저것들이 정말 사람 새끼일까?

"정말이지 사령술사 놈들은 상종 못 할 것들이로구나!"

본인이 세라티를 저 꼴로 만들었다는 건 그새 뇌리에서 지운 모양이었다.

자기 합리화라는 게 비단 사령술사만의 특징은 아니니 딱히 신기할 건 없다.

어쨌거나 카르나크와 바로스는 놀랍도록 잘 싸우고 있었다. 지닌 실력에 비해 엄청난 재주였다.

"그래 봐야 잔재주일 뿐이지만."

아무리 재주가 뛰어나 봐야 평범한 인간이다.

사령력은 미천하고 마력은 낮으며 투기도 각성하지 못했다.

"끝을 내 주마!"

슈트라프가 정신을 집중했다.

저택 지하로부터 강대한 사령력이 뿜어져 나와 정원 상공을 꿰뚫어 갔다.

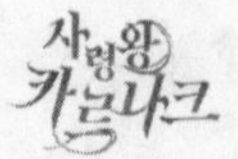

쿠우우우웅!

"오라, 게헤나의 악마여!"

허공에서 어둠의 문이 열리며 3미터에 달하는 핏빛 거인이 나타났다.

머리에 달린 2개의 검은 뿔, 흉측한 외모에 터질 듯한 근육을 지닌 심연의 악마, 마즈눈(maz-nun)이었다.

"크아아아!"

포효로 자신의 존재를 드러내며 악마가 으르렁댔다.

"계약자여, 원하는 바를 고하라!"

슈트라프가 의기양양하게 대꾸했다.

"사내놈들은 죽이고 저 여자는 내게 데려와라!"

마즈눈이라면 자색급 오러 유저, 퍼플 나이트에 필적하는 가공할 악마다.

아무리 놈들이 사령술에 익숙해도 압도적인 힘 앞에선 어쩔 수 없을 터!

그런데, 악마가 의외의 반응을 보였다.

"누구?"

"……뭐?"

"대체 누구를 죽이라는 것이냐?"

대체 악마가 왜 저러는지 이해할 수 없었다. 슈트라프가 멍한 표정을 지을 때였다.

"슬슬 들켰나?"

카르나크가 비릿한 미소와 함께 악마를 힐끔거렸다.

"하긴, 저 악마는 뒤늦게 나왔지? 당연히 속지 않겠군."

'속다니? 무슨……?'

그런 슈트라프의 시야에, 손을 흔드는 카르나크가 비친다.

"고마워, 얼뜨기 사령술사 양반."

동시에 카르나크와 바로스, 세라티의 모습이 흐려지기 시작했다.

"당신처럼 환술 잘 걸리는 순진한 인간은 처음이야."

어느새 셋의 모습은 완전히 사라져 버렸다.

남은 것은 좀비 군단과 주위를 두리번거리는 악마뿐.

"계약자여, 원하는 바를 정확히 고하라! 누구를 죽이고 누구를 데려오라는 것이냐?"

슈트라프는 입을 떡 벌렸다.

"……전부 환상이었다고?"

대체 언제부터? 어디서부터?

분노에 찬 괴성이 저택 지하를 가득 울렸다.

"이 개자식들이 감히!"

시체들의 밤

란펠트 저택에서 두 블록쯤 떨어진 어두운 밤거리.

좁은 골목길을 두 사내가 달리고 있었다. 세라티를 짊어진 바로스와 카르나크였다.

골목의 어둠 속에 몸을 숨긴 뒤 바로스가 거리 너머를 살펴보았다.

"용케 빠져나올 시간을 벌었군요. 진짜 순진한 양반이라 망정이지."

"열 받으라고 그렇게 말하긴 했는데, 사실 순진해서만은 아니야."

란펠트 저택 쪽을 바라보며 카르나크는 희미한 비웃음을 지었다.

"그러게 누가 내내 원격조종만 하래?"

상대가 직접 모습을 드러냈다면 아무리 그라도 환상을 계속 유지할 수는 없었을 것이다.

하지만 슈트라프는 저택 어딘가에 숨은 채 간접적으로 사령술을 사용하기만 했다.

"술사 본인을 속이는 건 힘들지만, 원견 주문을 속이는 환상을 만드는 건 별로 어려운 일이 아니지."

"그런 기초조차 모르는 걸 보면 순진한 거 맞지 않아요?"

"순진한 거랑 무식한 건 다르지. 하긴, 성직자였으니 당연한가? 최소한의 기본조차 갖추지 못했으니, 쯧쯧."

혀를 차는 카르나크를 향해 바로스가 물었다.

"그나저나 이제 어쩝니까?"

"일단 숨을 곳을 찾자."

당장은 조용하지만 이 적막은 오래가지 못할 것이다.

카르나크 일행을 놓친 슈트라프가 가만있을 리 없다. 당장이라도 란펠트 가문의 수하를 풀어서 도시 전체를 이 잡듯 뒤지겠지.

그 전에 은신처를 찾아야 한다.

"앞으로의 계획도 세워야 하고……."

카르나크가 바로스의 어깨 쪽을 가리켰다.

정확히는 여전히 기절한 채 어깨 위에 얹힌 세라티를.

"이 아가씨도 처리해야 하니까."

카르나크의 예상대로였다.

분노한 슈트라프는 곧바로 란펠트 가문을 부려 트리스트 시티 전역을 샅샅이 뒤지게 했다.

도시 곳곳에 불이 켜지고 사람들이 움직이기 시작했다.

"어이, 문 열어!"

"여기 수상한 외지인 놈 없나?"

모두가 잠든 깊은 밤이란 건 아무런 의미가 없었다.

란펠트의 무뢰배는 닥치는 대로 여관이며 골목을 누비고 다녔다. 그 와중에 억울하게 봉변을 당한 이들도 한둘이 아니었다.

"아니, 우린 그저 평범한 상인일 뿐인데……."

"이게 무슨 짓이오?"

잘 자다가 끌려 나온 외지의 행상들이 격하게 항변해도 누구도 신경 쓰지 않았다.

여기저기서 피가 흐르고 곡소리가 났다.

"으아악!"

"아이고, 그러니까 대체 누굴 찾는 거냐니까!"

"닥치고 따라와! 수상한 놈들은 모조리 잡아 오라는 명이다!"

개중엔 거칠게 반항하는 이들도 제법 있었다.

악명 높은 범죄의 도시를 제 발로 찾아온 외지인들이다. 평범한 소시민은 애초에 이런 도시를 찾지도 않는 법이다.

"이것들이 사람을 만만하게 보나!"

"우린 뭐 칼 없는 줄 알아?"

사방에서 혈투가 일어나고 소란이 이어진다.

그렇게 고요하던 트리스트의 밤이 발칵 뒤집힌 지도 어언 1시간째.

하지만 아무리 뒤져도 수색대는 목표를 찾을 수 없었다.

"아니, 이놈들이 대체 어디 숨은 거지?"

"외지인이 이 도시에서 티가 나지 않을 리가 없는데?"

누군가가 의문을 던졌다.

"설마 도시 밖으로 빠져나간 거 아냐?"

그리고 바로 반박당했다.

"그럴 리가 있나? 얼마나 많은 인원을 풀었는데."

아무리 무법의 도시라 해도 원래는 일국의 요새였던 곳이다. 사람만 많이 투입하면 철통같은 경계가 가능하다.

"하지만 저택을 직접 공격할 정도의 놈들이니 강제로 뚫고 나갔을지도……."

"그런 보고는 받은 적이 없어."

전투가 벌어지면 어떻게든 흔적이 남는다. 소란이 일어나건 시체가 나오건 간에.

도시 경계에 포진하고 있는 이들은 전원 아무 일 없이 자기 자리를 유지하고 있었다.

"……그럼 대체 이놈들은 어디 있는 건데?"

세라티는 서서히 정신을 차렸다.

"으으……."

흐릿한 의식 저편에서 목소리가 들린다.

"플라드 가문으로 돌아가는 건 위험하겠죠, 도련님?"

"그렇겠지. 이 상황에서 놈들이 최우선적으로 갈 곳이 바로 자신들을 적대하던 세력들일 테니까. 지금쯤 사람들을 대거 보냈을 것이 틀림없어."

"에잉, 짐들 전부 거기 놔뒀는데 나중에 찾아야겠네요."

"그나저나 또 이렇게 될 줄은 몰랐다. 이번 생애에선 쫓기고 숨고 하는 일은 없을 줄 알았는데."

"우리 팔자가 원래 이런가 보죠, 뭐."

카르나크와 바로스의 목소리였다. 세라티는 흠칫 놀랐다.

'저들은!'

정신이 번쩍 든다.

똑똑히 본 것이다. 카르나크의 전신에서 어둠의 기운이 솟구치는 것을.

어서 이 자리를 피해야 했다. 그녀가 몸을 일으켰다.

"윽!"

순간 격통이 밀려와 희미한 신음이 새어 나왔다.

소리를 들은 카르나크가 그녀에게 다가왔다.

"깨어났군요, 세라티 양. 몸은 좀 어떠십니까?"

"……더러운 사령술사 주제에 내 몸을 걱정하는 거냐?"

싸늘한 그녀의 반응에 카르나크가 난처한 듯 머리를 긁었다.

"아, 그렇게 여겨도 어쩔 수는 없습니다만……."

예상외였다.

정체가 들통났으니 본색을 드러낼 줄 알았는데, 여전히 그는 사람 좋은 얼굴을 하고 있었다. 누가 저 온화한 표정을 보고 사악한 사령술사라 의심할 수 있을까?

'그러고 보니 왜 나를 살려 둔 거지?'

의아해하면서도 세라티는 일단 상황부터 살폈다.

"여기는?"

"트리스트 시티 남쪽 외곽의 숲속입니다. 도시 밖이 아무래도 안전할 테니까요."

"어떻게 경계망을 피해 빠져나온 거지? 순순히 내보내 주지 않았을 텐데?"

"이런 경험이 좀 풍부해서 말이죠."

틀림없이 란펠트 가문은 트리스트 시티를 제대로 봉쇄했다. 어지간히 강력한 모험가나 마법사라 할지라도 저 경계망을 몰래 빠져나오긴 힘들 것이다.

하지만 사령술사는 다르다.

사령술은 정신 지배, 기억 왜곡, 현혹 등에 특화되어 있는 술법이다. 마법사에겐 불가능한 일도 사령술사에겐 가능하다.

경비를 철통같이 서고 있다고?

그냥 일격에 쓰러뜨린 다음 적당히 기억을 조작하면 완전범죄다. 아니면 아예 처음부터 최면이나 세뇌를 걸어 버려도 된다.

사령술사들이 특히나 붙잡기 힘든 이유가 이것이었다.

사령술 자체가 워낙 도주와 은신에 유리한 수법인 것이다.

심지어 카르나크와 바로스는 전생 때도 이런 상황을 수십 번 겪었다.

대륙에서 가장 치안이 엄중하다는 제국 수도에서도 몇 달씩 암약했는데, 이런 시골 도시야 별것 아니지.

"세라티 양을 처리할 시간이 필요해 잠시 자리를 피했을 뿐입니다."

어조는 태연하지만 내용은 결코 그렇지 않았다.

'처리라고?'

그녀의 안색이 창백해졌다. 카르나크가 머쓱해하며 말을 이었다.

"처리라는 표현은 좀 그런가요? 하지만 제 비밀을 알고 있는데 그냥 내버려 둘 순 없잖습니까?"

"……날 죽일 셈이야?"

말하면서도 세라티는 그건 아닐 거라 생각했다.

죽일 생각이면 굳이 힘들게 여기까지 짊어지고 오지도 않았을 것이다.

과연, 카르나크는 고개를 저었다.

"그럴 생각은 없습니다. 이래 봬도 전 죄 안 짓고 살려고 노력하는 중이거든요."

"흥, 사령술사 주제에?"

"어쩌다 보니 사령술을 익히긴 했지만 별로 좋아하진 않습니다. 실제로 사령술은 최대한 익히지 않고 이렇듯……."

카르나크가 희미한 마력을 끌어 올렸다.

"마법사로서의 길만을 열심히 걷고 있지요."

오러 유저인 세라티는 상대의 기운이 지닌 속성을 꽤나 정확하게 인식할 수 있다.

현재 카르나크가 선보인 마력은 틀림없이 마나였다. 사령력이 아니었다.

'하긴, 저자가 몇 번이나 마법을 썼지만 아무도 몰랐었지.'

그녀뿐 아니라 마법사인 릴테인, 심지어 성직자인 알리우스조차도 눈치채지 못했으니 분명 어둠의 마력은 아닐 것이다.

'그럼 거짓말을 하고 있는 건 아닌가?'

하지만 순순히 받아들이기엔 걸리는 점이 있다.

"사령술과 마법은 공존하지 못하는 것 아니었어?"

"보통은 그렇죠. 이건 제 독자적인 수법입니다. 되도록 사령술은 익히고 싶지 않아서요."

생각해 보면 성직자였던 슈트라프도 사령술을 썼다. 아주 말이 안 되는 건 아닌 것 같다.

세라티는 조금씩 흔들렸다.

정말로 카르나크는 어쩔 수 없이 사령술을 익히게 된 것이고, 지금은 마법사의 길만을 걷는 걸까?

"그렇다면 왜 당신은 사령술을 완전히 버리지 않는 거지?"

순간 카르나크가 실소했다.

"세라티 양, 반대로 묻겠습니다. 당신은 오러를 버릴 수 있습니까?"

"응?"

"당신이 익히고 있는 투기, 그 힘을 버릴 수 있냔 말입니다."

"무슨 말도 안 되는 소리야? 이미 몸에 익힌 오러를 어떻게 버리……."

"네, 그게 제가 사령력을 버리지 못한 이유입니다."

세라티의 말문이 막혔다.

그녀 역시 투기를 다루는 입장인 만큼 바로 이해한 것이다.

확실히, 어떤 기운이건 한번 익혀 버리면 그걸 버리는 건 불가능하다.

"좋아, 그건 그렇다 치고……."

한숨을 쉬며 세라티가 물었다.

"죽이지 않는다면 날 어쩔 셈이지?"

"기억의 일부를 지울 겁니다. 딱 제가 사령술을 썼던 바로 그 순간만."

그녀의 표정이 딱딱하게 굳었다.

인간의 기억을 지운다고? 사령술은 그런 것도 가능하단 말인가?

"별로 대단한 일도 아닙니다. 세라티 양도 그런 경험 한두 번쯤은 있었을 텐데요?"

"헛소리! 멀쩡한 기억이 지워지는 일이 흔할 리 없잖아!"

"술 먹고 기억 끊긴 적 없어요?"

세라티의 말문이 한 번 더 막혔다.

솔직히 왜 없겠나?

실은 한두 번 정도가 아니라 꽤 많았다. 술 좋아하거든.

"아무 문제도 생기지 않을 겁니다. 애초에 전투 도중 기절했잖아요? 그게 몇 분 일찍 기절한 게 될 뿐입니다."

그녀는 혼란에 빠졌다.

꽤나 관대한 조건이었다. 사악한 사령술사가 할 법한 수작이 아니었다.

"……왜 그렇게까지 하는 거지? 날 회유할 속셈이야?"

살짝 누그러진 그녀를 보며 카르나크가 애매한 표정을 지었다.

"이런 말을 하긴 좀 그렇습니다만……."

동시에 세라티의 어깨 아래를 물끄러미 바라본다.

"지금의 당신은 굳이 회유할 필요까진 없어요. 별 도움이 되질 않으니까."

순간 이해가 가지 않았다.

오러 유저가 도움이 안 된다고? 왜?

무심코 그녀의 시선이 카르나크를 따라갔다.

그가 바라보는 곳은 자신의 어깨 아래. 당연히 팔꿈치가 보인다.

그런데 팔이 보이지 않는다.

보이는 것은 팔꿈치부터 잘려 나가 새까맣게 탄화된 절단의 흔적뿐…….

영혼이 삭아 가는 듯한 신음이 흘러나왔다.

"아……."

감각이 마비되어 미처 깨닫지 못한 사실이 전신을 강타한다.

'맞아, 팔을 잃었지, 나…….'

두 팔이 없다.

더 이상 검을 쥘 수도 없다.

눈물은 나오지 않았다. 그저 몸이 덜덜 떨릴 뿐이었다.

물론 요양을 잘하면 오러를 다시 쓸 순 있겠지. 하지만 평생을 걸쳐 갈고닦은 검술은 무용지물이 되었다.

아니, 검이 문제가 아니다.

두 팔이 없다는 건 아무것도 쥘 수 없다는 것.

아주 기본적인 일상생활도 불가능하다. 당장 용변을 보고 뒤를 닦는 행위조차 할 수 없다.

한창때의 젊은 미녀가 최소한의 품위조차 지키지 못하게 되었다.

"아아……."

그저 눈앞이 캄캄할 뿐이었다.

절망에 빠진 세라티의 귀에 카르나크의 위로가 들렸다.

"유감입니다, 세라티 양. 당신은 정말 재능 있는 오러 유저였는데."

지금의 그녀에겐 공허한 울림일 뿐이었다.

"……차라리 죽여."

그녀가 처연하게 중얼거렸다.

"기억? 지울 필요 없어. 그냥 이 자리에서 날 죽여 줘……."

안타까운 듯 바로스가 조심스레 질문했다.

“정말 방법이 없을까요, 도련님? 강력한 성직자를 찾아가 치유술을 받는다거나…….”

“사지가 잘린 경우엔 무리지. 너도 알잖아, 아무리 강력한 마법이나 신성 주문도 잘린 팔다리를 되돌릴 순 없다는 거. 순리를 거스르는 행위니까.”

“하긴, 사령술과는 다르죠.”

바로스가 깊은 한숨을 내쉴 때였다.

‘사령술과는 다르다고?’

절망에 빠져 있던 세라티가 문득 고개를 들었다.

“잠깐! 그럼 사령술로는? 사령술로는 내 팔을 되돌릴 수 있단 소리야?”

잠시 눈을 깜빡거리더니 카르나크가 나직이 대꾸했다.

“그렇긴 합니다만…….”

그리고 난처한 듯 뺨을 긁었다.

“별로 권하고 싶지는 않은데요.”

“어째서?”

“당신을 제 권속으로 만들어야 가능한 방식이라서요. 설마 사악한 사령술사의 권속이 되고 싶은 건 아니겠죠?”

강력한 사령술사는 종속의 계약을 통해 인간의 영혼을 제압한 뒤 자신의 권속으로 삼아 노예처럼 부릴 수 있다.

사령술사에게 붙잡힌 모험가가 극심한 고문 끝에 타락해

악으로 돌아서는 이야기는 각종 모험담에서 흔히 나오는 내용이기도 하다.

당연히 세라티는 기겁했다.

'사령술사의 권속이 되라고?'

결코 있을 수 없는 일이다. 절대 받아들여선 안 된다.

'하지만…….'

딱 잘라 거절하기엔 양팔이 너무 허전했다. 다가올 미래 역시 너무 암울했다.

과연 타락해 악으로 돌아서는 것이, 두 팔을 잃고 비참하게 살아가는 것보다 나쁘다고 할 수 있을까?

세라티가 더듬거리며 물었다.

"……정말 당신의 권속이 되면…… 잃은 팔을 돌려받을 수 있어?"

잠시 머뭇거리다가 카르나크가 대답했다.

"네."

실은 아무리 사령술이라도 잘린 사지를 재생하는 건 쉬운 일이 아니었다.

수법이 어려워서라기보다는, 그럴 필요가 없어서 관련 술법이 개발되지 않았다는 쪽이 옳다.

그냥 다른 시체 일부를 이식하거나, 아예 어둠의 팔을 돋아나게 하면 간단히 해결되는 문제인 것이다.

사악한 사령술사가 왜 굳이 상대방 인생까지 생각해 줘 가면서 힘든 길을 가려 하겠는가?

다만 카르나크에겐 세라티의 잘린 팔을 온전하게 되살릴 능력이 있었다. 심지어 빈약한 현재의 사령력만으로도 가능했다.

권속이었던 바로스가 허구한 날 사지 날려 먹고 다녔으니까.

말투가 싸가지없어서 그렇지, 세상에 믿을 놈이라곤 오직 바로스밖에 없는 카르나크였다. 소중한 시종을 장애인으로 만들 순 없으니 진짜 열성을 다해 재생 술법에 매달리던 시절이 있었다.

나중에 그를 데스 나이트로 바꾼 후에는 의미가 없어진 수법이었지만.

"가능은 합니다. 가능하긴 한데……."

영 탐탁지 않아 하는 카르나크의 태도에 세라티가 초조해하며 물었다.

"그럼 뭐가 문제야?"

"제가 하고 싶지 않거든요. 말했잖습니까, 전 되도록 사령술을 멀리하고 있다고."

정말로 카르나크는 그녀의 기억만 살짝 지운 뒤 풀어 줄 생각이었다.

세라티를 권속으로 삼는다?

오러 유저에 미녀이기까지 한 만큼 분명 쓸모는 있겠지만 지금의 그에겐 별로 매력적인 선택지가 아니다.

'그건 예전처럼 사는 게 되잖아.'

애초에 힘을 추구했다면 굳이 혼돈마법을 개발하지도 않았다. 그냥 사령력 도로 키우고 있었겠지.

"그, 그런……."

세라티는 당황했다. 이건 예상 못 한 대답이었다.

사실 속으로 의심도 좀 하고 있었다. 자신을 노예로 만들기 위해 일부러 유혹하고 있는 게 아닐까 하고.

혼란에 빠진 그녀를 바라보던 카르나크가 문득 마법 전언을 날렸다.

[야, 바로스.]

[왜요, 도련님?]

[너 일부러 이런 거지?]

신체 일부를 완전히 잃게 되면 성직자의 신성 주문으로도 치료할 수 없다는 사실쯤은 바로스도 이미 잘 알고 있다.

알면서도 일부러 사령술로는 치유할 수 있다는 식으로 대화를 유도한 거다.

[왜 그랬어?]

[이 아가씨, 불쌍하잖아요. 저도 왕년에 팔다리 잘려 봐서 저 기분 잘 알거든요.]

나중에야 도련님이 또 만들어 주겠지라며 대수롭잖게 넘어갔지만, 처음 팔을 잃었을 때의 절망감은 지금도 생생히 기억한다.

[웬만하면 도와주고 싶어서 말입죠. 도련님에겐 별로 어려운 일도 아니잖아요.]

떠들다 말고 바로스는 살짝 당황했다.

생각해 보니 카르나크는 더 이상 예전의 사령왕이 아니었다.

[혹시 지금은 어려운 일입니까?]

[물론 예전만큼 쉽지야 않다만 1명 정도는 가능해. 그런데 정말 이 아가씨를 권속으로 삼아도 되는 거냐, 나?]

젊은 미녀의 약점을 잡아 계약을 강제한 뒤, 영혼의 노예로 만들어 자기 마음대로 부린다.

[이건 진짜 추잡한 악당이나 할 법한 짓인 것 같은데?]

[본인이 진짜 추잡한 악당이었다는 자각은 있었나 보네요? 의외네.]

[그래서 최대한 착하게 살아 보려고 이러고 있는 거 아니냐.]

아무리 생각해도 애매하다.

[이거 나쁜 짓이야, 착한 짓이야?]

바로스가 명쾌한 결론을 내렸다.

[세라티 양이 원하는 대로 해 주면 되죠.]

사정 잘 설명하고 선택을 넘기면 된다. 그럼 결과도 어디까지나 본인이 감당할 몫이다.

[이 정도면 예전처럼 사는 건 아닐 거 아니에요?]

[그렇군!]

머릿속이 명확해졌다.

마음이 편해진 카르나크가 온화한 목소리로 그녀를 불렀다.

“세라티 양.”

“……네?”

무심코 그녀의 말투가 존대로 바뀌었다. 마음이 이미 꺾였다는 증거였다.

“아무리 제가 사령술을 기피한다 해도 지금의 당신을 내버려 두긴 좀 그렇군요.”

“그, 그럼?”

“세라티 양이 결정하세요. 원하는 대로 해 드리죠.”

이대로 기억의 일부를 잃고 두 팔을 잃은 채 장애를 지니고 살아갈 것인가?

아니면 완전한 육체를 되돌려받는 대신 카르나크의 권속이 되어 살아갈 것인가?

세라티는 대답하지 못했다.

쉽게 선택할 수 있는 일이 아니었다.

물론 그 어떤 대가를 치르고서라도 잃은 팔을 되돌려받고 싶은 마음이 간절했지만…….

“……당신의 권속이 되려면 어떻게 해야 하는 거죠? 영혼을 팔아야 하나요?"

카르나크는 실소했다.

"그건 지옥의 악마와 계약해서 힘을 얻을 때 하는 짓이고요. 제가 당신에게 무슨 권능을 내리는 건 아니잖습니까?"

대체 왜 실소할 일인지 몰라 세라티는 의아해했다. 사령술사에겐 저게 일종의 농담인가?

"그럼 제 영혼이 어둠으로 물드나요?"

"딱히? 신성 주문으로 치유를 받았다고 아문 상처가 항상 신성하게 빛나는 건 아니죠? 사령술도 마찬가지입니다. 그냥 재생이 끝난 시점에서 당신의 팔이고 영혼일 뿐이에요. 딱히 어둠에 물들거나 하진 않습니다."

사실 어둠에 물들어도 곤란하다.

"권속이 어둠의 기운을 풀풀 풍기고 있으면 제 정체도 들킬 거 아닙니까? 생겨도 없애려고 노력해야 할 입장입니다."

세라티는 당혹했다. 듣던 것과는 좀 다른 듯했다.

사령술사의 수하가 되면 피와 살육에 굶주린 악마로 변하는 것이 아니었나?

"그렇다면…… 당신의 권속이 되면 전 어떻게 되는 건가요?"

"세라티 양의 영혼이 저에게 제압당하게 되죠."

카르나크의 설명이 이어졌다.

"정확히 말하면 영혼의 구성을 완전히 드러내게 됩니다.

그래야 영혼의 설계도를 보고 팔도 재생시킬 수 있거든요."

그 외에도 몇몇 금제가 걸릴 것이다.

"절 배신할 경우 죽음의 대가를 받게 되겠죠. 제 정체를 남에게 밝힌다거나, 제게 칼을 들이댄다거나 할 경우."

"당신의 명령에는 무조건 복종해야 하고요?"

"가능하긴 한데, 그렇게 하진 않을 겁니다."

"왜요?"

"세라티 양의 정신을 조작해야 하니까요. 이 경우 오러를 다루는 능력이 크게 떨어질 텐데, 굳이 권속의 능력을 약화시킬 이유가 없지 않습니까?"

무조건적인 복종이 그리 좋은 것도 아니다.

예를 들어 카르나크가 홧김에 '나가 죽어!'라고 세라티에게 고함을 질렀다 치자.

정말 세라티가 나가서 죽어 버리면?

유능한 오러 유저 하나를 허무하게 잃는 결과를 낳게 된다.

"그래서 다른 사령술사들도 권속의 정신을 어중간하게 조작하진 않습니다. 아예 이성이 없는 꼭두각시로 만들거나, 아니면 자유의지는 놔둔 채 금제만 걸어서 부리죠."

세라티는 점점 더 흔들렸다.

듣고 보니 어째 각오했던 것만큼 나쁜 조건은 아니었다.

물론 카르나크가 진실만 말하고 있다는 가정하의 이야기

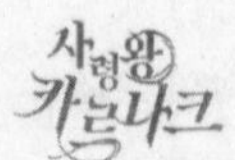

지만.

'이 정도면 그냥 충성 서약을 하는 기사랑 크게 다를 바 없지 않나?'

물론 그보다 훨씬 상황이 나쁘긴 하다. 자신의 목숨을 카르나크가 쥐고 있으니까.

하지만 비교 대상이 두 팔이 아닌가?

두 팔을 되돌려받는 대가로 정체가 위험한 주군을 모시는 것이 과연 불공평한 계약일까?

"선택은 당신의 몫입니다, 세라티 양."

고뇌하는 그녀의 귀로 은근한 음성이 들려왔다.

"자유를 제약당하는 것과 잃어버린 두 팔, 검사로서의 미래."

부드럽고 온화한, 그럼에도 심장을 후벼 파는 듯한 목소리였다.

"어느 쪽이 더 소중한지 저울질할 수 있는 건 본인뿐이죠."

말을 마치며 카르나크는 내심 뿌듯해했다.

친절히 설명해 주고 이해도 시켜 주고 기회까지 주었다. 강요한 건 하나도 없다.

'이야, 이 정도면 나도 많이 사람 된 거지?'

옆에서 그 모습을 지켜보며 바로스는 묘한 표정을 지었다.

분명히 카르나크는 선의로, 그것도 최대한 사람답게 살아

보려 노력하며 세라티에게 제안을 하고 있는데…….

'왜 이렇게 악마가 순진한 처녀 유혹하는 것처럼 보이지? 기분 탓인가?'

결국 세라티는 결정을 내렸다.

"……저를 당신의 권속으로 삼아 주세요, 카르나크 공."

종속의 계약은 엄청나게 복잡한 고난이도의 술법이다.

평범한 사령술사라면 족히 반나절 이상 준비한 뒤, 그러고도 한참 동안 술식을 전개한 후에야 계약을 맺을 수 있을 것이다.

사령왕이었던 카르나크에겐 그냥 차 한 잔 마실 시간이면 충분했지만.

"어둠의 주인, 카르나크 제스트라드의 이름으로 묻겠다. 세라티 알렌, 나의 권속이 되겠는가?"

"네."

"그렇다면 정신을 열고 계약을 받아들여라."

무릎 꿇은 세라티의 머리에 카르나크가 손바닥을 얹었다.

어둠의 마력이 정수리를 타고 그녀의 전신을 관통했다.

'헉!'

순간적으로 오러를 발동해 저항할 뻔했다. 이어진 목소리

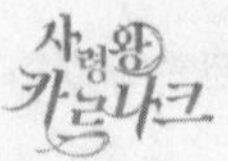

가 들리지 않았다면 말이다.

"그리하면 그대는 잃었던 것을 되찾게 되리라."

모든 오러를 거둔 뒤, 세라티는 순순히 카르나크의 어둠을 받아들였다. 동시에 잘린 팔로부터 극심한 통증이 느껴졌다.

"큭! 으으윽!"

신음하는 그녀의 두 눈에 변화가 보였다.

탄화된 팔의 딱지가 벗겨지기 시작한다. 동시에 새로운 팔이 돋아난다.

솔직히 보기 좋은 모습은 아니었다.

눈부신 빛과 함께 상처가 아무는 신성 주문과 달리, 사령술의 재생 수법은 뼈가 돋고 시뻘건 근육이 그 위를 덮고 흉측한 힘줄과 핏줄이 생성되는 식이다. 겉보기엔 정말 징그럽고 끔찍하다.

그럼에도 세라티는 환희에 젖었다.

"아, 아아아……."

팔이다. 잃었던 두 팔이 다시 돋아나고 있다.

고통조차도 감미로운 광경이었다.

카르나크가 그녀의 머리에서 도로 손을 뗐다.

"세라티 알렌, 이로써 그대는 나의 권속이 되었다."

자기도 모르게 존댓말이 흘러나온다.

"예, 나의 주인이시여……."

그리고 그녀는 그대로 쓰러져 버렸다.

혼절한 세라티를 부축하며 바로스가 빙그레 웃었다.

"옛날 생각나네요. 저도 이렇게 기절했었는데."

"이게 그렇게 아파?"

"온몸이 갈기갈기 찢기는 기분이에요. 그래서 이거, 전투 중엔 쓸 수 없었잖습니까."

"하긴, 성직자의 치유술이 그건 부럽더라."

문득 바로스가 고개를 갸웃거렸다.

"가만, 저 이제 더 이상 도련님 권속 아니죠?"

"아니지."

시공을 회귀하며 과거의 모든 일이 무로 돌아갔다. 당연히 바로스와 맺었던 종속의 계약도 없던 것이 되어 버렸다.

"그러니까 세라티 양을 권속으로 둘 수 있었잖아. 지금 내 힘으로 권속 두는 건 1명 정도가 한계야."

"그럼 전 이제 팔다리 날아가도 재생 못 하는 겁니까?"

바로스는 흠칫 떨었다. 괜히 친절 좀 베풀려다 자기 무덤을 판 게 아닌가 싶었다.

별일 아니란 듯 카르나크가 대꾸했다.

"왜 못 해? 할 수 있지."

"어떻게요?"

"세라티와의 계약을 파기하고 널 다시 권속으로 삼으면 되지."

"……종속의 계약이 파기되면 세라티 양은 그 자리에서 죽어 버릴 텐데요?"

"그야 어쩔 수 없는 일이고. 이 아가씨 살리겠다고 널 장애인으로 만들 순 없잖아."

"어우, 그건 참 고마운 말씀이긴 한데……."

바로스는 기절한 세라티를 빤히 바라보았다.

'몸 건사 잘해야겠다. 내 팔다리에 이 아가씨 목숨이 걸려 있네.'

그녀가 기절했으니 망정이지 만약 이 대화를 들었더라면 자신의 선택을 땅을 치고 후회했을지도 모르겠다.

그나저나 슬슬 앞으로의 계획을 세울 때였다.

바로스가 물었다.

"이제 어쩌실 거예요?"

"안 그래도 고민 중이다."

현재 카르나크가 취할 수 있는 선택지는 두 가지다.

첫 번째, 반격의 준비를 갖춘 뒤, 알리우스와 릴테인을 구한다.

두 번째, 두 사람은 포기하고 이대로 트리스트 시티에서 도망친다.

"사람답게 살려면 당연히 첫 번째겠지?"

문제는, 혼돈마법만으론 슈트라프를 상대할 수 없다는 점이었다.

사령술을 써야 한다. 그래야 승산이 있다.

"그게 왜요? 이제까지도 보는 눈이 없을 땐 사령술 잘만 쓰셨잖아요."

"그러니까 보는 눈이 너무 많다고, 이 경우엔."

슈트라프의 사령력은 상당한 수준이었다. 그를 상대하려면 지금까지처럼 몰래 살짝 힘을 쓰는 정도론 부족하다.

"상당히 대규모로, 본격적으로 사령술을 써야 하는데 이거 아무리 봐도 예전처럼 사는 것 같거든."

사악한 사령술사로 돌아가 도시를 지옥으로 바꾸며 동료들을 구한다.

사악한 힘에 손대지 않고 그냥 동료들을 버린 채 도망간다.

"어느 쪽이 올바른 거냐, 이거?"

"그러게요. 진짜 헷갈리네."

머리를 맞대고 한참을 고민했지만 쉽게 해답을 찾을 수 없었다.

결국 바로스는 또 비슷한 결론을 내렸다.

"세라티 양 깨어나면 물어봅시다."

"응?"

"저 아가씨는 우리랑 다르게 제대로 된 인간이잖아요. 그럼 결론도 제대로 내지 않을까요?"

"그렇군! 야, 바로스, 너 점점 더 똑똑해진다?"

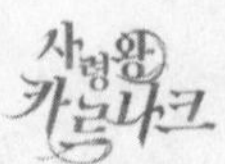

다시 정신을 차린 세라티는 새삼 각오를 다졌다.

이제 그녀는 사령술사의 권속이 되었다. 어떤 사악한 명령이라도 복종해야 할 처지였다.

과연 카르나크는 종속된 그녀에게 무슨 명령을 내릴 것인가?

첫 명령은 솔직히 좀 당혹스러운 것이었다.

"……네?"

"골라 보라고, 세라티. 어느 쪽이 올바른 선택이야?"

권속으로 삼았기 때문일까? 카르나크의 말투는 하대로 바뀌어 있었다.

주저하던 세라티가 조용히 되물었다.

"당연히 알리우스 씨와 릴테인 씨를 구해야 하는 것 아닌가요?"

대체 저게 왜 고민할 문제인지 모르겠다. 설마 저들을 버릴 생각이라도 했단 말인가?

"동료를 구하기 위해서라면 사악한 수법을 사용해도 된다는 건가?"

"물론 바람직한 선택은 아니죠. 하지만 방법이 있는데도 동료를 버릴 순 없잖아요."

애초에 세라티도 두 팔을 돌려받기 위해 사령술을 받아들인 몸인 것이다.

악이라면 무조건 치를 떨 정도로 꽉 막히진 않았다. 어느 정도 세상과 타협도 할 수 있는 성격이다.

"사령술사란 걸 들키면 카르나크 님도 위험해지니 기피하는 것도 이해는 가지만……. 그런 위험을 무릅쓰고라도 동료를 구하는 건 충분히 올바른 일 아닐까요?"

카르나크와 바로스가 깨달았다는 듯 고개를 주억거렸다.

"그렇구나."

"목적이 옳으면 수단은 악랄해도 된다는 소리네요."

"좋은 일을 위해선 나쁜 짓을 해도 괜찮다 이거지? 우리, 올바로 살고 있었구만."

"그러게 말입니다."

세라티는 당황했다.

"아니, 그렇게까지 말하진 않았……."

하지만 두 사람은 이미 나름대로의 결론을 내린 모양이었다.

자리에서 일어나며 카르나크가 활기차게 말했다.

"좋아, 오랜만에 사령술 좀 본격적으로 써 봐야겠다."

"사람들이 많이 죽겠지만, 다 동료를 구하기 위해서니까요."

"어차피 나쁜 놈들이니까 좀 죽어도 괜찮지 않을까?"

"그러게요? 부담 없어서 좋네."

세라티는 버벅거렸다.

"아, 아니, 그게……."

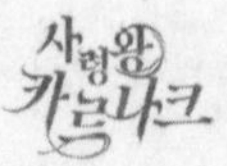

뭘까, 이 느낌은?

붙잡힌 동료들, 알리우스와 릴테인을 구할 수 있게 되었다.

좋은 일이다. 분명히 잘된 일이다.

'그런데 왜 이렇게 돌이킬 수 없는 짓을 한 기분이 들지?'

한 도시를 지배하는 강력한 사령술사가 은신처에 처박힌 채 온갖 대비를 하고 있다.

이런 적을 상대하려면 어찌해야 할까?

왕년의 카르나크라면 우선 방대한 권능으로 거대한 언데드 군단을 만든 뒤 도시를 쓸어버렸을 것이다.

이후에 차근차근 상대의 방어를 부수며 진군, 종국엔 적의 목을 땄겠지.

"하지만 지금은 사령력이 영 빈약하니 그렇게는 못 하겠군."

슈트라프와 자신의 마력을 비교하며 카르나크는 고민했다.

현재 둘의 격차는 극심한 수준이었다. 사령왕으로서의 드높은 경지를 지니고 있음에도 답이 보이지 않을 정도로.

지렛대를 이용하면 1의 힘으로 10의 무게를 움직일 수 있다지만, 그래도 최소한 1의 힘은 갖춰야 하는 것이다.

어둠이 깔려 있는 트리스트 시티를 바라보며 카르나크가 중얼거렸다.

"급한 대로 주위에서 사기를 좀 끌어다 써야겠네."

바로스가 물었다.

"그 정도 사기가 이 주위에 있어요? 여기가 무슨 묘지나 전장도 아닌데?"

"웃기는 이야기인데, 있더라고."

죄악의 도시, 인세의 지옥이라 불릴 정도로 위험한 도시였다. 매일같이 사람이 죽어 나가고 칼부림이 일어나는 곳이었다.

도시 전체가 이미 거대한 묘지이자 피비린내 나는 전장인 것이다.

"와, 그 정도예요? 진짜 사람 살 곳 아니네?"

"그러게 말이다. 어떻게 이런 곳에서 사람이 살지?"

왕년의 사령왕과 데스 나이트 로드 입에서 이런 감흥이 나올 정도니, 과연 트리스트 시티가 얼마나 막장 일로인지 익히 짐작이 간다 하겠다.

세라티도 고개를 끄덕였다.

'과연, 아무리 사령술사라도 이곳의 죄악은 심해 보이는구나.'

그런데 어째 이어진 대화가 좀 이해가 안 갔다.

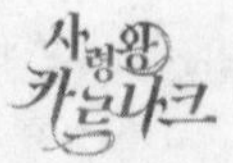

"역시 인간의 생활력은 대단하다니까요."

"그럼. 그러니까 우리가 그 고생을 했지."

"……?"

저게 왜 감탄할 부분인 걸까? 도무지 모르겠다.

그 와중에도 둘의 대화는 이어지고 있었다.

"그럼 놈을 상대할 만큼의 사령력을 모을 수 있다는 겁니까, 도련님?"

"임시로 긁어모은 거라 많이 모자라긴 하겠지만 그럭저럭 최소한의 기준은 채울 수 있을 것 같다."

"그다음엔 어쩌시게요? 언데드 군단을 만들기엔 써먹을 시체가 없는데."

트리스트 시티에 억울하게 죽은 원혼이 득실거리는 건 사실이다. 하지만 의외로 묻혀 있는 시체는 별로 없었다.

도시 옆에 강이 흘러서 그냥 내다 버리면 되거든.

물고기 밥으로 처리하면 되는데 뭐 하러 힘들게 땅 파고 매장을 해 주겠는가?

"그렇다고 악령들만으로 군세를 채우자니 사령력 소모가 너무 심해. 내가 지금 그런 낭비를 할 만큼 여유 있는 처지는 아니지."

역시 시체가 필요하다, 그것도 되도록 싱싱한 것들로.

"할 수 없네요. 이번만 예전으로 돌아가는 수밖에."

"그렇지? 되도록 예전처럼 안 살려고 했지만, 이 경우엔 어쩔 수 없다."

"큰 문제는 없겠죠? 세라티 양도 괜찮다고 했잖아요."

"동료를 구하기 위해서라면 나쁜 짓은 좀 해도 된다잖아."

두 사내가 세라티를 보며 참으로 믿음직하다는 듯 헤벌쭉 웃는다.

그녀는 멍한 표정을 지었다.

'그렇게까지 말한 적은 없다고요…….'

하지만 반박할 수도 없었다. 그랬다간 진짜로 알리우스고 릴테인이고 버리고 도망갈 것 같았다.

설마 사람인 이상 그러겠냐 싶지만, 왠지 정말 그럴 수도 있을 것 같은 분위기를 풍기는 놈들이었다.

"좋아, 대충 계획이 세워졌다."

싱글벙글 웃으며 카르나크가 손가락을 꼼지락거렸다. 오랜만에 본업으로 돌아가서인지 꽤 신이 난 듯한 표정이었다.

"일단 시체부터 대량으로 만들어야지."

세라티가 조심스레 물었다.

"이제부터 란펠트의 조직원들을 하나씩 죽이는 건가요?"

제발 상관없는 시민들까지 죽이는 건 아니었으면 좋겠다.

그런 바람을 담아 한 질문이었는데, 카르나크가 손을 저었다.

"굳이 세라티까지 나설 필요는 없어."

그의 입가에 회심의 미소가 떠올랐다.

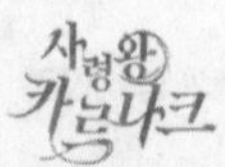

"이 도시는 치안이 자급자족이라잖아?"

트리스트 시티 남쪽의 한 밤거리.

험상궂은 인상의 사내 2명이 거리에 멋대로 주저앉아 휴식을 취하는 중이었다. 밤새도록 도시를 뒤지고 다닌 란펠트 가문의 수하들이었다.

사내 중 1명, 에롤드가 투덜거렸다.

"아, 진짜 이 야밤에 이게 무슨 짓이람."

다리도 아프고 피곤하다. 이런 일을 시킨 윗놈들은 편안히 자고 있을 거란 생각을 하니 열도 받는다.

"야, 리만, 술병이나 줘 봐!"

리만이라 불린 사내가 퉁명스레 반문했다.

"그쪽도 술병쯤은 챙겨 오지 그랬소?"

"왜? 불만이냐? 억울하면 이기지 그랬어."

"크윽……."

오만 방자하게 구는 상대를 보며 리만은 이를 갈았다.

하지만 어쩔 수 없었다.

지금의 그는 에롤드의 부하일 뿐이었으니까.

리만은 원래 란펠트 가문을 적대했던 크렐 가문의 조직원이었다. 가문이 박살 난 뒤 란펠트 쪽에 몸을 의탁한 처지인 것이다.

원래는 칼을 맞대고 싸우던 이의 밑으로 들어갔으니 참 기분이 더럽기 그지없다.

물론 에롤드는 신경 쓰지 않았다.

'흥! 지가 어쩔 건데? 이제 와서 덤비기라도 할 건가?'

란펠트 가문이 도시를 장악했으니 그의 위세도 예전보다 훨씬 높아졌다.

당장 이 리만만 봐도 원래는 그보다 높은 위치였지만 지금은 이렇게 밑에서 구르고 있지 않은가?

그렇게 어색한 분위기가 흐를 때였다.

문득 에롤드의 귀에 나직한 목소리가 흘러들어 왔다.

"등을 보였군."

동시에 칼날이 그의 어깨를 스쳤다.

리만이 쥐고 있던 검으로 에롤드를 찌른 것이었다.

기겁하며 에롤드가 검을 뽑았다.

"이 자식이!"

상처는 별로 깊지 않았다.

하지만 피를 보니 눈이 돌아간다.

"그래! 네놈이 결국 본색을 드러낼 줄 알았다!"

에롤드가 거칠게 검을 휘두르기 시작했다.

당황하며 리만은 뒤로 물러섰다.

"어엉? 아니, 이건 그게 아니라……."

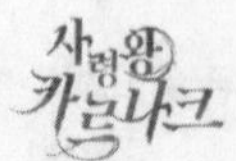

조금 전의 일은 리만도 이해할 수 없었다.

그냥 멍하니 서 있었는데 보이지 않는 힘이 그의 칼끝을 살짝 밀어 버린 것이다.

하지만 별로 깊은 상처도 아닌데 저리 난리를 피우다니?

"젠장! 모르겠다!"

이미 말이 통할 상황이 아니었다.

게다가 솔직히 말하면 평소에도 칼침 놓고 싶은 상대이긴 했다.

챙! 채챙! 챙!

어두운 밤거리 위로 칼 부딪치는 소리가 요란하게 울리기 시작했다.

도시 곳곳에서 때아닌 사투가 벌어지고 있었다.

2~3명씩 짝을 지어 도시를 수색하던 란펠트의 조직원들, 그들 사이에 내분이 일어난 것이다.

"이 자식! 결국 내 뒤를 노리는구나!"

"무, 무슨 소릴 하는 거야?"

"누가 당할 것 같으냐?"

"네놈이야말로 이 핑계로 날 처리할 셈이구나!"

야심한 밤에 잠도 못 자고 도시를 수색하는 임무.

궂은일 대부분이 그렇듯 지위가 높은 이들은 이런 일에 잘 끼어들지 않는 법이다.

현재 도시를 수색하는 병력은 란펠트 조직원 중에서도 위치가 낮은 자이거나, 혹은 가문이 몰락한 뒤 외부에서 유입된 이들이 대부분이었다.

서로 목숨 걸고 싸우던 이들이 억지로 같은 편이 되었다 보니 동료애 따위는 눈 씻고 찾아봐도 없다. 아주 사소한 오해만으로도 눈에 불을 켜고 살기를 터트린다.

비명이 이어지는 것은 필연이었다.

"으아아악!"

"커억!"

골목의 어둠 속에 숨어 상황을 지켜보던 카르나크가 히죽 웃었다.

"잘 먹히고 있구만."

함께 숨어 있던 세라티는 어이없어했다.

"맙소사, 목숨이 걸린 문제인데 저렇게 쉽게 칼을 뽑는다고요?"

"여기가 멀쩡한 도시라면 세라티 말이 맞지."

하지만 이곳은 트리스트 시티, 치안이 자급자족인 곳이다.

"평소에도 툭하면 칼 뽑는 거, 우리 눈으로 생생히 봤잖아? 재들 입장에선 이게 별로 드문 상황도 아닌 거야."

적을 분열시키기 위해 카르나크는 많은 힘을 쓰지 않았다.

그럴 사령력도 없고, 그럴 필요도 없다.

"불쏘시개가 산처럼 쌓여 있는데 굳이 파이어볼 날릴 필요 있나? 불티 하나만 놓아도 활활 타오를 텐데."

그저 마력으로 칼끝을 살짝 움직여 준다. 그리고 귓가에 짧은 환청을 남긴다.

'둘만 남았네?'

'복수다!'

'기회가 왔군.'

이 정도만 해도 족하다.

이 정도만으로도 평소 불신으로 가득 차 있던 이들은 쉽게 칼을 뽑고 쉽게 죽어 간다.

"아아아악!"

"크억, 이, 이 개새……."

"아악!"

섬뜩해진 세라티는 몸을 떨었다.

'세상에…….'

딱히 엄청난 수법도 아니다. 정말 사소한 환청으로, 아주 사소한 오해 하나만을 던졌을 뿐이다.

'그런데 사람들이 수십 단위로 죽어 가다니…….'

하지만 그녀는 내심 안도의 한숨도 내쉬고 있었다.

카르나크의 수법은 어디까지나 란펠트의 조직원들만을 노리고 있었다. 일반 시민들에겐 해가 없었다.

'그렇다는 건…… 아주 나쁜 사람은 아닌가?'

반면 바로스는 영 탐탁잖은 표정이었다.

"시체가 너무 적은데요."

도시 곳곳에서 수십 명이 죽어 나갔다.

이 넓은 도시에서 고작 수십 명이.

"이걸로 무슨 사령 군단을 만들어요?"

아무리 막장 도시의 막장 인생이라도 저런 단순한 수법이 모두에게 통하진 않는 것이다.

솔직히 말하면 넘어가지 않는 놈들이 더 많았다.

"마법이다!"

"마법사가 우릴 현혹하고 있어!"

눈치챈 이들이 정신을 차리고 주위를 수색하기 시작한다.

게다가 수색대 모두가 2~3명씩 짝을 이룬 것도 아니다. 10여 명씩 우르르 몰려다니는 이들도 상당히 많다.

저들에겐 이 수법 자체를 쓸 수가 없다.

"저놈들은 어쩌시려고요?"

카르나크는 태연했다.

"설마 이게 전부겠냐?"

어디까지나 씨앗을 뿌리는 단계일 뿐이다.

"다 방법이 있지."

험상궂은 사내 5명이 눈앞의 광경을 보며 의아해하고 있었다.

"이게 뭐야?"

"왜 이놈들이 여기 죽어 있지?"

이들 역시 란펠트의 말단 조직원들이었다.

동료들과 함께 거리를 수색하던 중, 다른 구역을 헤집던 놈들이 죽어 자빠져 있는 걸 발견한 것이다.

"적의 공격이라기엔 상황이 좀 이상한데……."

아무리 봐도 서로를 찔러 죽인 모양새였다.

워낙 서로 찔러 죽이는 경우가 많은 도시에서 살다 보니 척 보면 알 수 있었다.

하지만 현 상황에서 이들이 서로를 죽일 이유가 없다.

"혹시 마법사가 현장을 조작한 건가?"

"그렇다는 건……."

"지금 어딘가에서 놈이 우릴 노리고 있다는 소리잖아?"

순간 섬뜩해져 조직원들이 시체를 등진 채 안개 저편을 응시할 때였다.

등 뒤에서 피투성이 시체 2구가 스르르 일어났다.

"으어어……."

신음에 놀란 란펠트의 조직원들이 채 몸을 돌리기도 전이었다. 시체가 쥔 칼이 사내 1명의 가슴팍을 깊숙이 찔러갔다.

"커, 커억!"

생명 하나가 너무도 쉽게 사라졌다.

피를 흘리며 쓰러지는 동료의 모습에 조직원들이 비명을 터트렸다.

"으아아!"

"시, 시체가 움직인다!"

"사령술이야!"

피투성이 시체가 검을 휘두르며 덤벼들었다.

사내들도 기겁하며 맞서 싸웠다.

"젠장! 마법사라며?"

"빌어먹을 윗대가리 놈들!"

"이런 중요한 건 미리 알려 줘야 할 거 아냐!"

찌르고, 베고, 피를 뿌리며 난투가 이어졌다.

시체의 몸통에 칼이 박힌다.

"으어어어……."

소용없다. 이미 죽은 자는 또 죽지 않는다. 무작정 밀어붙이며 칼을 찌른다.

사내의 몸통에 칼이 박힌다.

"크억!"

비명이 터져 나온다. 산 자가 생기를 잃고 인형처럼 쓰러진다.

고통도 공포도 느끼지 못하는 시체와, 세 치만 베여도 때론 죽음에 이르게 되는 산 자의 대결은 너무도 불합리한 것이었다.

"으아아아!"

"모, 목을 베!"

"베어도 안 죽어!"

"그럼 목도 베고 팔다리도 다 잘라!"

고작 2구의 움직이는 시체를 전투 불능으로 빠트리기 위해 5명의 사내들이 치른 대가는 컸다.

다섯 중 2명이 목숨을 잃었고, 3명도 중상을 입은 채 가쁜 숨만 내쉴 뿐이었다.

"헉, 헉헉……."

"그래도 이렇게까지 조져 놨으니까……."

"……두 번 다시 못 일어나겠지."

덤벼들던 좀비의 머리통을 통째로 부수고, 팔다리도 아주 잘 다진 고깃덩어리로 만들어 놓았다. 설령 또 움직인다 해도 공격 수단이 없으니 이 정도면 괜찮을 것 같다.

"빌어먹을, 시체가 움직인다는 게 이렇게 무서운 거였나?"

중얼거리던 사내의 안색이 문득 창백해졌다.

'잠깐, 시체가 움직인다고?'

이 자리엔 시체가 2구 더 있다. 방금 저 좀비들에게 죽은 란펠트의 조직원들이다.

"으어어어……."

"어어어어……."

죽은 동료들마저 좀비가 되어 몸을 일으키기 시작했다.

공포에 찬 비명이 밤안개를 뚫고 울렸다.

"으아아악!"

* * *

도시 곳곳에서 기괴한 일이 연달아 일어나고 있었다.

동료들이 서로를 죽이고, 그대로 좀비가 되어 일어나 또 다른 동료들을 습격해 간다.

하지만 란펠트 조직원들 역시 만만한 상대는 아니었다.

트리스트 시티 중부의 한 거리.

10여 명의 조직원들이 좀비 3구를 난도질하는 중이었다.

"헉, 헉헉……."

"흥! 이까짓 좀비 따위……."

"냉정하게 대처하면 별것도 아니다!"

다들 피와 죽음에 익숙한 전투의 베테랑들, 고작 좀비 정도에 맥없이 당하진 않는 것이다.

피를 닦으며 조직원 1명이 침을 퉤 뱉었다.

"흥, 사령술사 놈. 이 정도로 우리가 흔들릴 줄 알았나?"

죽은 동료를 다시 죽이는 일에 대한 고뇌?

그딴 건 애초에 없다.

살아 있는 동료도 수틀리면 얼마든지 죽일 수 있는데 이미 시체가 된 놈 난도질하는 게 뭐가 문제라고?

“주위를 수색해라! 분명 이런 짓을 한 사령술사가 근처에 있을 것이다!”

부하 몇 명이 거리 곳곳으로 흩어졌다.

잠시 후 골목 안쪽에서 외침이 들렸다.

“놈들이 여기 있다!”

“그쪽이냐!”

기다렸다는 듯 사내들이 살기등등하게 골목으로 몰려갔다.

그렇게 막 골목 안쪽을 노려볼 때였다.

“어?”

“뭐야?”

안쪽에 아무도 없었다. 사령술사는 물론이고, 외침을 터트린 조직원마저.

“……그럼 방금 그 소리는 누가 지른 거지?”

다들 어안이 벙벙할 때였다.

골목 밖에서 다른 수하 하나가 이들을 불렀다.

“이쪽입니다, 형님!”

보고를 하자마자 부하는 빠르게 뛰어 안개 저편으로 사라졌다. 혀를 차며 다른 이들도 그를 따랐다.

“그새 거기로 도망갔나?”

그런데, 막상 도로 거리로 나오니 그 부하의 모습이 보이지 않는다.

"이 녀석 어디 갔어?"

사내들이 어리둥절해할 때였다. 거리 반대쪽에서 사내 1명이 뛰어왔다.

"이쪽엔 아무도 없습니다, 대장."

방금 안개 저편으로 사라졌던 그 부하였다.

그를 보며 대장이 물었다.

"뭐야, 너? 언제 그쪽으로 갔냐?"

"네?"

"방금 이쪽으로 뛰어갔잖아!"

"네에?"

이해가 안 가 서로 당혹할 때였다. 이번엔 발소리가 먼저 들렸다.

탁탁탁탁!

그러더니 안개 속에서 똑같은 부하가 세 번째로 모습을 드러낸다.

"대장, 이곳엔 아무도 없…… 헉! 저거 뭐야!"

그는 반대편의 또 다른 자신을 보며 기겁하고 있었다.

그렇게 모두가 당황에 빠져 우왕좌왕할 때였다.

대장이 중얼거렸다.

"그러고 보니, 이번엔 발소리가 들렸지?"

아까는 저 소리가 들리지 않았다.

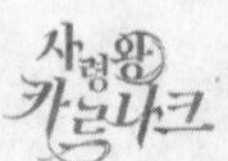

"속임수다! 이놈이 가짜야!"

이래 봬도 트리스트 시티에서 산전수전 다 겪은 몸이다. 이런 속임수에 넘어갈 것 같으냐!

"이 자식!"

"어딜 사람을 속여 넘기려고!"

본때를 보여 주겠다며 사내들이 칼을 쥐고 우르르 덤벼들었다.

"어? 어? 이 무슨?"

상대가 당황하건 말건 신경 쓰지 않았다.

사소한 실수로도 목숨이 날아가는 인생이었다. 신속하게 손을 써야 살아남을 수 있었다.

"으, 으아악!"

사람 하나가 난도질되는 건 순식간이었다.

그렇다. 사람 하나였다.

환영이나 환상이 아니라, 사람 하나.

피가 뚝뚝 떨어지는 검을 쥔 채 사내들이 서로를 돌아보았다.

"저기……."

"이거 느낌이 어째……."

"진짜 같은데……."

대장은 콧방귀를 뀌었다.

"흥! 진짜일 리가 없잖아?"

왜냐면 진짜는 지금 그의 뒤에 있으니까. 확실히 발소리를 들었으니까.

"안 그러냐? 프로트……."

이름을 부르며 그는 수하를 돌아보았다. 그리고 흠칫거렸다.

"프로트?"

없다.

분명 방금 전까지 서 있던 그 수하가 보이지 않는다.

"얘 어디 갔어?"

아니, 정확히 말하면 있긴 있다.

자신의 손에 난도질되어, 시체가 된 프로트가 말이지.

등골이 오싹했다.

"그럼……."

"……우리가 방금 죽인 이놈이?"

그 시체가 일어난다.

"으어어어……."

동료들에 의해 억울하게 죽임을 당한…….

"으어어어……."

뼛속까지 원한으로 가득 차 사기와 탁기를 풀풀 풍기는 또 하나의 좀비가 되어서.

"으아아아!"

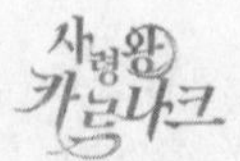

보이는 것을 믿을 수가 없다.

분명 눈앞에 있던 동료가 사라지고, 없어야 할 동료가 눈앞에 있다.

“젠장! 뭐가 어떻게 돌아가는 거야?”

들리는 것을 믿을 수가 없다.

없는 소리를 들리게 하는 것만이 환청이 아니다. 있는 소리를 없애는 것 또한 환청이다.

“아니, 분명히 소리가 들리지 않았는데…….”

소리 없이 뛰어오는 동료를 칼로 찌르면 생생한 피가 쏟아진다.

요란하게 떠드는 동료를 등 뒤로 보내면 어느새 사라져 있다.

“다들 정신 차려!”

“흩어지지 말고 뭉쳐 있어!”

그렇다면 등을 맞댄 동료만큼은 믿을 수 있을까? 등에서 전해져 오는 이 온기만큼은?

그 온기가 어느새 싸늘한 냉기로 바뀌어 가는데?

푸욱!

“크어억!”

“어, 어느 틈에…….”

분명 조금 전까지 동료였던 이가, 피투성이 시체가 되어 동료였던 이를 찌른다.

죽은 자가 또다시 움직이는 시체가 되어 신음하며 대지를 걷는다.

"흐, 흩어져!"

"우리 중에 좀비가 있다!"

"말도 안 돼! 조금 전까진 멀쩡해 보였는데……."

경악과 패닉 속에서 좀비를 썰던 중이다. 열심히 함께 싸우던 동료의 눈알이 갑자기 기괴하게 돌아간다.

"야, 너, 너 눈이……."

지적받은 동료가 신경질적으로 대꾸한다.

"내 눈이 뭐?"

참으로 인간적인 반응이라 안심하는 것도 잠시.

데구루루.

동료의 눈알이 쏙 빠진다. 검붉은 힘줄에 매달려 안구가 대롱대롱 흔들린다.

"으아아아악!"

기겁하며 일제히 칼을 휘두른다.

"크억! 아니, 왜 갑자기 날……."

갑자기 공격을 받은 이가 원통해하며 죽어 간다.

살아남은 이들이 숨을 헐떡이며 죽은 자를 노려본다.

그리고 경악한다.

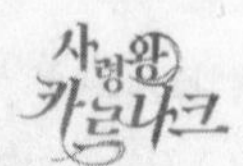

'내, 내가 본 건 뭐지?'

'분명히 눈알이 아래로 굴러떨어졌었는데?'

시체의 두 눈이 멀쩡하게 붙어 있다.

멀쩡한, 그러나 이제는 초점을 잃은 두 눈을 부릅뜬 채 시체가 신음을 흘리며 좀비가 되어 일어난다.

"으어어어……."

이젠 정말 누구도 믿을 수 없다.

심지어 자기 자신마저도.

그저 공포와 혼란, 절망 속에서 비명을 터트릴 뿐이었다.

"으아아아악!"

카르나크는 계속해 작업을 이어 갔다.

트리스트 시티를 누비며 란펠트 조직원들을 찾는다.

애초에 시끄럽게 소란을 피우며 돌아다니는 놈들이니 찾기는 쉽다.

발견하면 어둠의 장막을 펼쳐 모습을 감춘다. 그리고 란펠트 무리에게 현혹술을 걸고 상황을 조율한다.

사령력에 여유가 없으니 대규모 현혹술은 걸 수 없다. 하지만 이대로도 별문제는 아니다.

짧은 환청 한마디 정도는 사령력도 별로 잡아먹지 않으니까.

"속았지?"

이 한마디면 족하다.

누군가가 의심스러운 말을 내뱉었다는 것만으로 저희끼리 자중지란이 일어난다.

"이, 이 자식!"

"잠깐! 왜 나를 의심하는 거요?"

물론 냉정한 이들은 어떻게든 상황을 수습하려 한다.

"다들 정신 차려!"

"누군가가 우릴 홀리고 있는 거다! 보면 모르나?"

여기서 또 살짝 소금을 쳐 간을 맞춰 준다. 환상이라는 이름의 소금이다.

"잠깐…… 당신 얼굴이……."

"내 얼굴이 뭐?"

"으아악! 가까이 오지 마, 이 괴물!"

"네놈은 또 무슨 헛소리를 하는 거냐!"

자기들끼리 서로 죽이고, 시체가 늘어나고, 늘어난 시체가 산 자를 또 죽이고, 시체가 또 늘어난다.

심지어 미처 예상 못 했던 상황도 있었다.

자중지란이 일어난 란펠트 조직원들의 모습이 일반 시민들에겐 어떻게 비칠까?

앗, 저 꼴 보기 싫은 란펠트 놈들이 당한다!

그런데 비싼 검과 갑옷을 걸치고 있네?

단순히 흩어 놓기만 해도 쥐도 새도 모르게 죽어 나가는 일이 비일비재했다.

카르나크는 흐뭇하게 웃었다.

"역시 나쁜 놈들만 모여 있으면 이렇게 되는군."

나쁜 놈들끼리 모여서 나쁜 짓을 하면, 항상 나쁜 현실만을 보고 살게 된다.

세상이 오로지 나쁜 일로만 가득하게 느껴지니 조금만 상황이 안 좋아져도 최악의 결과만을 떠올릴 수밖에 없다.

그리고, 트리스트 시티의 시민 대부분은 모든 문제를 오직 칼과 폭력으로 해결해 왔던 이들이지.

"이래서 사람은 착하게 살아야 한다니까?"

"도련님이 말씀하시니 참 설득력이 넘치네요."

바로스가 콧방귀를 뀌었다.

"착하게 못 살아서 우리가 그 꼴이 됐었죠, 아마?"

"그래서 이렇게 선행을 이어 가고 있잖냐?"

으스대는 카르나크를 보며 세라티는 부르르 떨었다.

'이게 진짜 사령술이라는 거구나…….'

그는 전설의 사령술사처럼 거대한 어둠을 펼치고 도시 전체를 지옥으로 만들지 않았다.

그저 도시를 배회하며 간단한 현혹술을 걸고 또 걸었을 뿐이다.

그런데 사람이 계속 죽어 간다…….

'정말 이자의 권속이 된 게 잘한 일일까?'

물론 그녀도 살인을 해 보지 않은 건 아니다.

모험가로 살아가며 어쩔 수 없이 사투를 벌인 적도 많고, 악당을 징벌한 경험도 풍부하다.

하지만 아무리 상대가 악당이라도, 사람이 이렇게까지 간단히 죽어도 되는 걸까?

그런 세라티의 시선을 느꼈는지 카르나크가 뒤를 돌아보았다. 그리고 머쓱해하며 머리를 긁었다.

"이거 참 부끄러운 모습을 보였군. 평소엔 이러지 않아, 나도."

'그래도 최소한의 양심은 있는 모양이네?'

표정을 보니 정말 부끄러워하는 것 같았다. 세라티는 살짝 안심했다.

'하긴, 아무리 사령술사라 해도 사람인데 이런 짓을 마음 편하게 저지를 리가 없…….'

"원래는 도시 전체에 어둠의 마력을 깔고 한 번에 시체 군단을 일으키거든. 내 사령력이 미천해져서 어쩔 수 없이 이러는 거지. 그러니까 그렇게 실망한 눈으로 볼 필요는 없다고."

'……부끄러운 포인트가 그쪽이었어?'

세라티가 기막혀하는지도 모르고 카르나크는 한숨을 푹

쉬었다.

“에휴, 힘없이 살려니 참 힘들구나.”

확실히 피곤한 작업이긴 했다. 왕년의 그였다면 절대 이런 귀찮은 짓은 하지 않았겠지.

그래도 덕분에 억울하게 죽는 이들의 숫자는 계속 늘어만 간다.

억울한 시체가 대지를 걷고, 억울한 원혼이 하늘을 맴돈다.

“이 정도면 쪽수는 대충 맞췄지?”

카르나크가 허공에 손을 뻗었다.

“일어나라, 나의 군세여…….”

음산한 목소리가 그림자를 타고 도시 전역으로 퍼져 나가기 시작했다.

“죽음의 군단이 되어 내 명에 따라 진군하라!”

새벽의 저주

시체들이 움직인다.

쪼개진 머리를 휘청거리며, 길게 늘어진 내장을 질질 끌며 어기적어기적 걸어간다.

잘린 팔, 잘린 다리가 담긴 피 웅덩이를 뒤로한 채 밤의 고요를 괴성으로 더럽혀 간다.

으어…….

으어어어…….

으어어…….

골목마다 좀비가 가득했다. 거리마다 시체가 넘치고 있었다.

건물 옥상에 숨어 그 광경을 지켜보던 세라티는 한탄을 흘렸다.

"여신이시여……."

시체는 많아도 너무 많았다.

수십? 수백?

그런 귀여운 숫자가 아니었다.

아무리 적게 잡아도 족히 3천은 되어 보였다.

그렇지 않고서야 보이는 모든 것이 시체일 리 없었다.

'내가 무슨 짓을 한 거지?'

그녀는 현실에 지옥을 끌어내린 자, 이제 자신의 주인이 된 흑발의 청년을 돌아보았다.

카르나크는 시체의 도시를 바라보며 뿌듯하다는 듯 웃고 있었다.

"이 정도면 충분히 먹히겠지?"

"이제 알리우스 씨와 릴테인 씨를 구할 수 있겠군요."

"그러고 보니 바로스 너 말고 다른 동료를 구하러 가는 건 처음이야."

"저도요, 도련님 말고 딴 사람 챙기긴 처음이네요."

후회가 밀려온다.

어쩌면 이 일을 막을 수 있었을지도 모른다…….

자신이 쓸데없는 말만 하지 않았어도 이렇게까지 많은 피가 흐르진 않았을지도 모른다…….

세라티는 다시 한번 뇌까렸다.

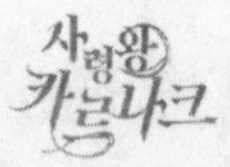

"……내가 무슨 짓을 한 거지?"

밀려드는 시체들의 군단, 그 너머로 어둠이 깔린 란펠트 저택이 흐린 달빛 아래 모습을 드러낸다.

수많은 시체들이 손을 뻗어 담을 타오르기 시작했다.

"으어어……."

"으어……."

시체가 시체를 밟고 오르며 거대한 물결이 되어 저택 사방을 침식해 간다.

설탕에 달려드는 개미 떼처럼, 좀비들이 저택 곳곳을 새까맣게 뒤덮어 간다.

슈트라프는 저택 지하에서 그 광경을 지켜보고 있었다.

"이건 대체……."

정황을 볼 때 그 카르나크란 놈이 한 짓임은 분명했다. 하지만 이해가 가질 않았다.

'그놈이 이렇게나 강력한 사령술사였다고? 하지만 분명 사령력은 별거 없었는데…….'

놈이 지닌 어둠의 마력은 고작해야 좀비 십여 마리도 제대로 다루기 힘든 수준이었다. 적어도 슈트라프가 파악한 바로는 그랬다.

'힘을 숨기고 있었나?'

그런 것 같진 않았다. 이 정도 힘이 있었다면 굳이 아까 도주할 필요도 없었으리라.

'아니면 정말 강력한 사령술사는 따로 있는 걸지도?'

이건 말이 된다. 도망친 뒤 동료를 데리고 왔다면 앞뒤가 맞는다.

자신의 추리를 확신하며 슈트라프는 사악하게 웃었다.

"그렇다면 오히려 잘된 일이군."

이토록 강력한 사령술사라면 분명 엄청난 권능을 지니고 있을 터.

'그 어둠을 흡수하면 내 힘도 훨씬 커지겠지!'

슈트라프가 양팔을 좌우로 펼쳤다.

지하실 벽을 뒤덮은 흉측한 고기의 벽에서 수십 줄기의 촉수가 쏘아졌다.

"오라, 지옥이여. 만악의 어둠 아래 이 땅에 강림하라……."

어둠의 마력이 꿀렁대며 촉수를 타고 흐른다.

촉수를 타고 흐르는 마력이 저택 전체를 휘감으며 거대한 권능으로 화한다.

"진실된 어둠의 군세가 일어나 내 적을 칠지니……."

타락한 성직자의 눈동자가 검게 물들어 갔다.

"이는 죽음을 지배하는 왕의 명이로다……."

란펠트 저택 상공에서 기괴한 소리가 울려 퍼지기 시작했다.

아아아아아아—!

첫 번째 어둠의 나팔이 하늘을 울린다.

우우웅!

밤하늘 곳곳에 구멍이 생겨난다. 어둠이 공허한 외침을 토하며 온갖 마물들을 쏟아 낸다.

팔과 다리, 머리와 날개가 제멋대로 붙어 마치 망가진 찰흙 조각처럼 보이는 괴물들.

지옥 최하급의 부정형 마물들이었다. 놈들이 불협화음을 토하며 좀비 무리에게 달려들었다.

크캬캬캬!

캬아아!

두 번째 어둠의 나팔이 이어졌다.

대지가 흔들리고 무수한 촉수들이 솟구쳤다.

수많은 촉수들이 시체를 휘감고 으깨고 쳐 내고 부숴 버린다. 피와 살점이 튀고 또 튄다.

나팔 소리는 끝없이 이어져만 갔다.

우우우우웅!

세 번째, 네 번째, 다섯 번째…….

나팔이 계속 울린다. 그때마다 풍경이 녹아내리고 지옥이 펼쳐진다.

더 이상 현세의 풍경이라 할 수도 없는 악몽이었다.

움직이는 시체와 일그러진 괴물들이 고기로 된 나무와 뼈로 된 꽃잎 사이를 노닐며 피와 비명을 토하고 또 토했다.

으어어어…….

아아아아…….

끔찍한 혼란의 도가니였다.

저택 전체에서 신음과 폭음, 금속음이 어우러져 밤하늘을 시끄럽게 달궜다.

상황을 지켜보던 카르나크가 살짝 놀란 표정을 지었다.

"저거 사룡(死龍)의 일곱 나팔수잖아? 용케 저 술법을 알고 있네. 어디서 배웠지?"

전생 때 저 술법을 아는 이는 오직 카르나크뿐이었다.

하토바 교단의 비밀 창고 내에서 수백 년간 썩어 가던 고대의 사령술을, 그가 몰래 빼돌려 재현했으니까.

"맞다, 저 인간, 원래 하토바 교단 성직자랬지? 그럼 이상할 것도 없나."

그렇다는 건 전생 땐 카르나크가 독점했던 다른 지식과 지혜도 지금은 딴 놈들이 챙겨 갔을 가능성이 크단 소리다.

그때와 달리 지금 시간대엔 온갖 잡다한 사령술사들이 창궐하고 있으니까.

'이거, 내 수법에 내가 당할 일도 있을 수 있겠군. 미리 대비를 해 놔야겠어.'

어쨌거나 이건 나중에 신경 쓸 일이고.

"슬슬 움직이자."

카르나크가 손짓을 했다.

지금까진 감시를 피해 암흑의 장막을 펼치고 저택 근처 건물 옥상에 숨어 있었다. 하지만 전투가 벌어졌으니 저 혼란 속에 숨어 란펠트 저택까지 이동할 수 있으리라.

"이 틈에 동료를 구해야지."

멍하니 서 있던 세라티도 정신을 차렸다.

그렇다.

지금은 후회나 하고 있을 때가 아니다. 알리우스와 릴테인을 구해야 한다.

냉정해진 그녀가 전황을 파악하며 물었다.

"아직은 시기가 이르지 않을까요?"

이제 막 전투가 시작되었다. 어느 정도 전투가 진행되어 혼란이 커졌을 때 움직이는 것이 전략상 유리하다.

카르나크는 고개를 저었다.

"너무 시간 끌면 들켜."

"네?"

들키다니? 뭘?

"환각인 거 들킨다고."

놀란 눈으로, 세라티는 란펠트 저택을 뒤덮어 가는 수천의 좀비 떼를 바라보았다.

"……저거 전부 환각이었어요?"

카르나크가 어깨를 움츠렸다.

"전부는 아니고, 200구 정도는 진짜야."

그러더니 또 부끄러워한다.

"야! 지금의 내가 어떻게 사령술만으로 수천 명을 죽이냐?"

여전히 뭐가 부끄러운 건지 이해가 안 가지만 여하튼 본인은 부끄러운가 보다.

변명하듯 그가 말을 이었다.

"사실 시간만 충분하면 못 죽일 건 없긴 한데……."

좀비 군단을 수천 단위로 늘리려면 란펠트 조직원만으로는 부족하다.

아무리 란펠트 가문이 도시 전체를 장악하고 있다 해도 수색대만으로 수천 명을 풀 정도는 아닌 것이다.

즉, 트리스트 시티의 일반 시민들까지 손을 대야 한다.

"아무리 나라도 그게 진짜 악행이라는 것쯤은 알거든! 아니면 혹시 이런 상황에선 거기까지도 허용 범위인가?"

어이없어하던 세라티는 정신없이 고개를 끄덕였다.

"자, 잘하셨어요! 당연히 그렇게까지 하시면 안 되죠!"

마음 한구석이 환해진 기분이었다.

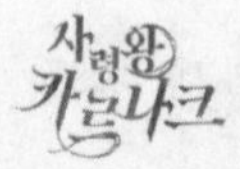

'그 정도로 악당은 아니었구나!'

물론 하룻밤 사이 200명을 죽인 것도 엄청난 학살이긴 하다.

하지만 죽일 놈 죽이는 것과, 상관없는 사람까지 죽이는 건 죄의 무게가 다르다.

"역시 악당만 죽여야 해. 경험상 좋은 사람까지 죽여 버리면 후환이 크더라고."

그럴 줄 알았다며 카르나크가 고개를 끄덕였다.

"악당은 복수를 하지 않거든."

이해가 안 가 세라티가 되물었다.

"악당이 복수를 하지 않는다고요?"

보통 악당들이 항상 하는 소리가 '두고 보자!', '반드시 복수하겠다!' 등등이 아니었던가?

"말만 그렇지 대부분은 확실히 조지면 깔끔히 포기하더라고. 제 목숨까지 걸면서 복수하는 놈은 실제론 없더라."

반면 좋은 사람의 죽음은 다르다.

좋은 사람이 죽으면 다른 좋은 사람들이 들불처럼 일어난다.

그리고 그것이 '정의'라는 실체를 갖게 되면 죽음조차 두려워하지 않는 가공할 힘으로 변한다.

사령왕이었던 카르나크는 그 힘을 절실히 맛본 바 있었다.

물론 그 힘까지 죄다 짓누르고 세계를 정복하긴 했지만,

그 대가로 잃은 것이 너무나 컸다.

'아무렴, 예전처럼 살진 말아야지.'

새삼 다짐하며 카르나크가 바로스와 세라티를 불렀다.

"어서 동료들을 구하러 가자고."

사방에서 전투가 이어진다.

어딜 봐도 시체와 마물이 끝없이 펼쳐져 있다. 그야말로 지상에 펼쳐진 수라도 그 자체였다.

그 현세의 지옥 속을 세 사람이 걷고 있었다.

어둠의 장막을 펼친 카르나크와 바로스, 세라티였다.

좀비와 마물 사이를 지나가며 세라티는 혀를 내둘렀다.

'이게 정말 환각이라고?'

바로 옆에서 좀비 하나가 나가떨어진다. 그리고 괴성과 함께 다시 일어나 이형의 마물에게 덤벼든다.

너덜거리는 내장, 팔뚝, 푸른 피부마저 너무 생생하다.

'아무리 봐도 진짜 같은데.'

환술은 시전자의 상상력에 크게 의존하는 수법이다.

그래서 더욱 이해가 가지 않았다.

'인간의 상상력만으로 이렇게나 정교한 환상을 만들 수 있단 말이야? 저런 피와 내장, 피부의 질감까지 전부 재현할

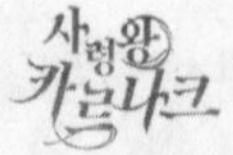

정도로?'

그런 세라티의 반응을 보며 카르나크는 내심 만족했다.

'아직 실체까지 파악하지는 못한 모양이군.'

이게 바로 그가 자신하는 환술, '복사 붙이기'였다.

상상력만으로 환상을 구현하는 건 엄청난 집중력과 기억력이 요구된다.

하지만 이미 존재하는 것을 베낄 뿐이라면 난이도는 크게 떨어지는 것이다.

실제로 싸우는 좀비는 잘해 봐야 200여 구, 카르나크는 이를 20배 이상 환상으로 늘려 복사한 뒤 서로 뒤섞어 전장에 풀어놓았다.

이 경우 똑같은 좀비들이 무수히 많을 텐데도 세라티가 눈치채지 못한 이유가 있다.

일부러 좌우를 반전시키거나, 사이즈를 줄이고 늘리거나, 움직이는 속도에 완급을 주는 등의 다양한 차별점을 뒀으니까.

이렇게 하면 어지간히 집중해서 보지 않는 이상은 티가 나지 않는 것이다.

게다가 모든 시체가 너덜너덜하다 보니 복장이 죄다 누더기라는 것도 장점이다.

'역시 내가 연출은 좀 한다니까?'

물론 이렇게 해도 마물이 환상을 그냥 통과한다면 금방 들키겠지.

하지만 카르나크의 환상술엔 한 가지 강점이 더 있었다.

그의 환상에는 나가떨어지는 반응까지 구현되어 있다.

'환술을 걸 때 제일 중요한 건 리액션이거든.'

칼을 휘두르면 베이고, 걷어차면 나가떨어진다. 그 후에 다시 일어나 덤벼든다.

다만 평범한 인간의 환상일 경우엔 어색한 점이 드러날 수밖에 없다.

칼로 베었는데 멀쩡한 모습으로 재차 덤벼든다? 여기서 환상임을 눈치채는 것이다.

하지만 좀비라면 이 문제도 사라져 버린다.

애초에 너덜너덜한데? 애초에 칼 맞아도 도로 일어나는데?

괜히 사령술사들이 환상술을 쓸 때 끔찍한 몰골의 좀비나 해골을 주 소재로 삼는 것이 아니다.

적에게 공포를 안겨 주려는 목적도 물론 있지만, 그보다는 환상의 주역이 너덜너덜한 시체여야 디테일한 부분을 재현하느라 과하게 정신력을 소모하는 걸 막을 수 있다.

하여튼 오러 유저인 세라티마저도 이 환상의 실체를 파악하지 못했다. 심지어 환상임을 알려 줬는데도.

이 사실이 의미하는 바는?

'그 슈트라프란 놈도 아직 눈치채지 못했단 소리지. 충분

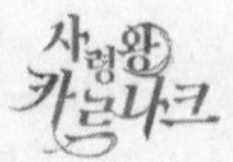

히 시간을 벌 수 있겠어.'

카르나크의 추측은 옳았다.

"흥, 제법 실력이 있는 모양이지만……."

슈트라프는 저 수많은 좀비 군단이 설마 환상일 거라곤 꿈에도 생각지 못하고 있었다.

"이까짓 좀비 따위, 아무리 많아 봤자 내 상대는 아니다!"

어둠의 마력을 한껏 퍼부으며 그는 계속해 사령술을 펼쳐갔다. 덕분에 사령력 소모가 극심했지만 신경 쓰지 않았다.

이기고 있었으니까.

저택을 포위한 좀비 무리의 숫자가 점점 줄어드는 것이 눈에 보일 정도였다.

반면 그가 부른 지옥의 마물들이며 사령결계에는 거의 피해가 없었다.

이대로라면 승리가 확실한데 왜 신경을 쓰겠는가?

사실은 실체인 진짜 좀비들이 나가떨어지며 환상도 함께 사라졌을 뿐이지만, 슈트라프는 그 사실을 몰랐다.

마물과 결계에 별 피해가 없던 것 역시 실은 대부분의 좀비가 환상이었기 때문이지만 그 사실 역시 알 수 없었다.

그저 강력한 사령술사를 먹어 치우고 더욱 힘을 키울 생각에 흥분할 뿐이었다.

'어디냐?'

전장 곳곳에 원견의 시야를 던져 목표를 찾아간다.

분명 저곳 어딘가에 카르나크와 그 일당이 숨어 있을 터.

'어디 있는 거냐?'

발견만 하면 바로 마물들을 집결시켜 사로잡겠다며 슈트라프가 눈을 부라릴 때였다.

"오, 저택 지하에 이런 공간이 있었구만요?"

갑자기 목소리가 들렸다.

"아따, 넓기도 하다. 왜 지하를 이렇게나 크게 키웠대요?"

"원래는 와인 저장고겠지. 우리 집 지하에도 이런 거 있잖아."

"에이, 이렇게까지 크진 않죠."

음성은 사령술을 통해 들리는 것이 아니었다. 육신의 두 귀로 들리고 있었다.

'헉!'

슈트라프는 놀라 뒤를 돌아보았다.

피로 물든 끔찍한 광경의 지하 별실, 그 입구에 세 남녀가 서 있는 것이 보였다.

마법사 차림의 흑발 청년이 환한 미소를 지으며 입을 열었다.

"당신이 슈트라프인가? 이렇게 생긴 양반이었구만."

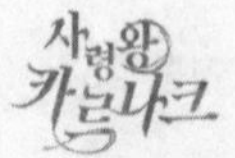

중년 사내의 얼굴이 한껏 일그러졌다.

'저놈들이 어떻게 여기에?'

세라티는 조심스레 주위를 둘러보았다.

란펠트 저택 지하의 규모는 상당했다. 높이가 거의 7미터에 달하고 좌우로도 20미터가 넘어 보였다.

'이게 정말 와인 저장고? 너무 큰데?'

자세히 살펴보고서야 이유를 알았다.

실은 지하 1층, 2층으로 나뉜 구조였는데 벽이며 바닥을 날리고 거대한 공간으로 바꾼 것이었다.

'알리우스 씨와 릴테인 씨는 어디 있지?'

그녀가 동료들을 찾는 동안, 슈트라프는 애써 흥분을 가라앉히고 있었다.

잠깐 당황했지만 생각해 보니 이해 못 할 일도 아니었다.

전술 자체는 대단할 것 없다. 그의 신경을 저택 외부로 돌린 뒤 그 틈을 타 잠입한 것에 불과하다.

단지 비겁한 사령술사 주제에 안전한 좀비 군세에서 일부러 빠져나와 위험한 곳에 직접 뛰어들 거라곤 미처 생각지 못했을 뿐이다.

카르나크 일행을 노려보며 슈트라프가 중얼거렸다.

"잘도 속였구나."

"잘도 속더라고."

그를 위아래로 살피며 카르나크가 비아냥거림을 이었다.

"많이 피곤해 보이는데? 좀비들 상대하느라 힘깨나 쓰셨나 봐?"

"으음……."

슈트라프는 작게 신음했다.

틀린 말은 아니었다. 분명 지금의 그는 내내 사령술을 펼치느라 상당한 마력을 소모한 상태였다.

여전히 카르나크보다는 월등히 높다. 하지만 이전처럼 사령력의 격차만으로 압도할 만큼은 아니다.

더 이상 필승을 장담할 수 없게 되었다.

'지금이라도 저택 외부에 투입된 사령력을 거두어야 하나?'

고민하는 슈트라프의 귀에 목소리가 울렸다.

"펼쳐 놓은 사령술 도로 거둬서 마력을 보충하시게? 뭐, 그러시든가."

카르나크는 아무 상관 없다는 태도였다.

"그럼 우린 도로 도망치면 되지. 좀비 군단이 지하실까지 편히 오겠네."

"어? 좀비 군대만으로 저 작자 잡을 수 있어요, 도련님?"

"에이, 그건 무리지. 저 인간, 꽤 세."

카르나크가 주위를 가리켰다.

"하지만 이 지하 시설은 확실히 박살 낼 수 있을 것 아냐?"

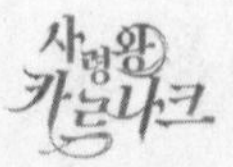

곳곳에 붉은 마법진과 문양이 그려져 있다. 벽이며 기둥에 시뻘건 고깃덩어리들이 뭉쳐 연신 꿈틀댄다.

문외한에겐 그저 지옥의 풍경처럼 보이겠지만 카르나크에겐 익숙한 광경이었다.

이것은 제단이다.

사로잡은 제물을 사기와 탁기로 물들여 악마에게 바치는 제단.

본인도 비슷한 거 많이 만들어 봤으니 모를 리가 없었다.

"설마 이 정도 규모의 제단을 며칠 만에 원상 복구시킬 수 있겠어?"

"그럼 우린 그냥 푹 쉬고 내일 밤에 다시 오면 된다는 거네요?"

"그렇지!"

슈트라프는 인상을 썼다.

확실히 저택 외부의 좀비 무리가 지하실까지 밀려들어 오면 골치 아파진다.

이기고 지고의 문제가 아니다. 이 장소가 전장이 되는 시점에서 제단을 잃게 되는 것이다.

기껏 장시간 공을 들여 마련했는데 허무하게 잃을 순 없다.

하지만 저들의 의도대로 끌려가는 것도 기분 나쁘다.

"도망치겠다고? 기껏 구하러 온 동료들을 도로 버리겠다는 거냐?"

"물론 걱정은 좀 되지만……."

카르나크가 어깨를 으쓱였다.

"제단이 망가지면 적어도 제물로 바쳐질 걱정은 없을 것 아냐?"

바로스가 또 끼어들었다.

"저 양반이 그냥 죽여 버리면 어쩌시려고요?"

"사령술사가 기껏 손에 넣은 귀한 제물을 그냥 포기한다고? 고작 내 성질 긁으려고? 잘도 그러겠다."

슈트라프의 표정이 더욱 일그러졌다.

아주 대놓고 수작질을 하고 있는데 문제는 알면서도 넘어갈 수밖에 없다는 점이었다.

놈의 말대로 아무 이득도 없이 고위 성직자와 마법사 같은 귀한 제물을 그냥 죽여 버릴 순 없다.

"좋다, 넘어가 주마."

슈트라프가 결계 밖으로 걸어 나왔다.

"하지만 네놈들이 착각한 게 하나 있구나."

두 팔을 감싸고 있던 촉수들이 스르르 풀려 고기의 벽으로 돌아간다.

"내가 지친 건 사실이지만……."

발치에서 암흑이 일어 올라 회오리치며 사방으로 퍼져 간다.

"네놈 따위도 상대하지 못할 정도는 아니다."

으어어어…….

어어어…….

지하 곳곳에서 시체들이 몸을 일으키기 시작했다.

하나같이 건장한 거구의 중무장한 구울들.

슈트라프가 여태 붙잡아 놓았던 어둠사냥꾼들의 시체였다.

어둠의 마력이 지하 공간 전체를 가득 떨쳐 울렸다.

"사자가 지쳤다 하여 쥐 새끼 하나 못 잡겠는가!"

검과 방패, 갑옷으로 중무장한 구울들이 괴성을 터트리며 달려든다.

"크아아아!"

"으아아!"

바로스와 세라티도 기다렸다는 듯 앞으로 튀어 나갔다.

수십 마리의 구울들 사이로 두 자루 검이 종횡무진 날뛰기 시작했다.

카르나크도 양손을 들었다.

지금의 그는 사령력을 꽤나 챙겨 놓은 상태다. 혼돈마력만으로 싸워야 했던 때와는 다르다.

"오라, 영혼의 노예들아, 연옥의 심해에서 그대들을 부르노라……."

저주받은 영혼을 소환하는 흑마술, '지저 세계의 메아리'가 발동되었다.

지하실 바닥 곳곳에서 악령들이 일어나 구울들을 덮쳐 갔다.

"캬캬캬캬!"

"크캬캬!"

신음과 괴성, 기괴한 소음이 어우러지며 혼란한 전투가 벌어졌다.

승패는 쉽게 갈리지 않았다.

슈트라프의 사령술은 조잡했지만 워낙 사령력이 높았고, 카르나크의 사령술은 효율의 극한이었지만 그럼에도 마력의 총량에서 한참 밀린다.

이 점이 구울과 악령에도 반영되어 팽팽한 대치가 이어지는 것이다.

계속 사령술을 운용하며 카르나크는 상대의 반응을 살폈다.

'자, 이제 어떻게 나오려나?'

슈트라프는 딱히 사령결계를 추가로 구사하거나 하지는 않았다. 더더욱 어둠의 마력을 퍼부어 구울의 위력 자체를 높일 뿐이었다.

"일어서라, 나의 종들아! 죽음이 그대들을 가호할지니!"

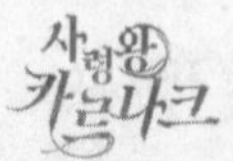

혼탁한 어둠의 권능이 쓰러진 구울 전사들에게 쏟아진다. 놈들이 더욱 강화되어 몸을 일으킨다.

팽팽하게 싸우던 악령 무리며 바로스와 세라티가 조금씩 밀린다.

"윽!"

"이놈들, 어째 더 세졌는데……."

내심 카르나크는 슈트라프에게 점수를 주었다.

'제법 학습 능력은 있군.'

사령결계는 쓰지 않는다. 오직 미리 배치해 둔 구울 전사들만을 효율적으로 움직인다.

결계 무효화 수법을 경계하고 있다는 의미다.

'이유를 알고 하는 짓은 아닌 것 같지만.'

대충 '사령결계는 통하지 않지만 다른 사령술은 통한다.' 정도로만 알고 있는 것 같았다.

'원인까지 파악했다면 사령결계 중 술식이 단순한 건 그냥 써먹었겠지?'

어쨌든 나쁘지 않은 상황이었다.

이대로라면 편하게 놈의 마력을 갉아먹을 수 있다.

물론 그동안 카르나크 일행이 버텨 줘야 한다는 전제가 붙지만…….

"세라티 양! 좌측!"

"네, 바로스 씨!"

경험 많은 바로스와 오러 유저 세라티, 이 두 조합은 기대 이상의 효과를 발휘하고 있었다.

처음엔 조금 당황했지만 바로 대응하는 것이다.

세라티의 움직임에 맞춰 바로스가 보조하니 쓰러지는 구울들의 숫자가 점점 늘어만 갔다.

안색이 굳어 가는 슈트라프를 노려보며 카르나크는 차갑게 웃었다.

'자, 비장의 한 수를 꺼내실 때가 됐을 텐데?'

*

날뛰는 바로스와 세라티, 소환된 악령들, 밀려오는 구울들이 끝없이 충돌한다.

그때마다 지하실 전체에 혼탁한 어둠의 마력이 쉴 새 없이 소용돌이친다.

웅웅웅웅!

슈트라프는 식은땀을 흘렸다.

'제길…….'

소용돌이가 거칠어질수록 사령력도 빠르게 고갈되고 있었다.

'설마 저놈이 이렇게까지 할 수 있었을 줄이야…….'

이대로라면 정말 아무것도 못 하고 탈진할 지경이었다. 그

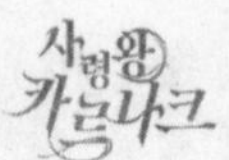

전에 뭔가 수를 써야 했다.
다행히 그에겐 마지막 한 수를 펼칠 힘이 남아 있었다.
이를 갈며 그는 언성을 높였다.
남은 사령력을 총동원해서, 자신이 다룰 수 있는 최강의 존재를 부른다!
"오라, 게헤나의 악마여!"
허공에 어둠의 문이 열렸다.
소환문 너머로 지옥의 풍경이 비치며 3미터에 달하는 핏빛 거인이 모습을 드러냈다.
세라티가 기겁해 외쳤다.
"아, 악마!"
반면 바로스는 시큰둥한 표정이었다.
"아, 마즈눈이네. 저거 또 써먹나?"
카르나크도 조소를 보내고 있었다.
"그렇게 나올 줄 알았지."
바로스마저 짐작한 걸 그가 모를 리 없는 것이다.
당연히 이 정도로 몰아붙이면 마즈눈을 꺼내 들 거라 예상했다.
퍼플 나이트에 준하는 저 심연의 악마는 이 상황을 확실히 타개할 수 있는 최강의 카드일 테니까.
카르나크의 어깨 너머로 어둠이 피어올랐다.
악마 소환술 역시 사령결계술 못지않게 복잡한 술법이다.

그리고 복잡한 술식이라면 얼마든지 부술 수 있다!

"그럼 끝내자고."

간단한 사령결계가 악마 소환식을 덮었다.

혼선이 일어나며 소환술 자체가 취소되기 시작했다.

쿠우우웅!

어둠의 문이 도로 줄어들며 새어 나오던 지옥의 마력 역시 급속도로 위세를 잃어 간다.

부름에 답하려던 악마가 주위를 둘러보았다.

"어, 어어?"

당황한 악마와 당황한 슈트라프.

둘을 보며 카르나크는 싱글벙글 웃었다.

'이거만 무효화하면 더 이상 사령력도 남아 있지 않을걸.'

모든 게 계획대로였다.

지금까지는 말이지.

쿠웅!

갑자기 굉음이 터지며 축소되던 어둠의 문이 멈춰 버렸다.

카르나크의 두 눈이 동그래졌다.

"……엥?"

원래 어둠의 문은 족히 수 미터에 달했다. 3미터의 거구인

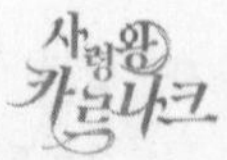

악마, 마즈눈이 건너오기 충분한 크기였다.

그런데 지금은 고작해야 1미터 정도? 문이 아니라 창문 사이즈다.

바로스는 멍하니 창문 저편, 지옥에 서 있는 악마를 바라보았다.

"……."

마즈눈도 멍하니 창문 저편, 현계에 서 있는 인간을 바라보았다.

"……."

인간과 악마가 서로를 마주 보고 눈만 껌벅거리는, 돈 주고도 못 볼 기괴한 광경이 펼쳐지고 있었다.

바로스가 황당해하며 카르나크를 돌아보았다.

"도련님, 저거 닫히다 마는데요?"

황당해하긴 마즈눈도 마찬가지였다.

'이게 뭔가?'

어둠의 문이 열려 있다.

그래, 열려는 있다, 개구멍 사이즈로.

어떻게든 비집고 들어가면 못 지나갈 건 아니었다. 하지만 그러려면 네발로 기어야만 할 수준이었다.

고귀한 심연의 악마인 자신이 개처럼 기어야 한다는 소리다.

'계약을 포기해야 하나?'

그러기엔 너무 아깝다.

그의 계약자는 자신을 부르는 대가로 많은 영혼을 약속했다.

'할 수 없군…….'

마즈눈은 소환문에 양손을 뻗었다.

시뻘건 악마의 손가락이 소환문을 붙잡고 마력을 부여한다. 붉은 전격이 사방으로 튄다.

파지지직!

동시에 소환문이 도로 넓어지기 시작했다.

악마가 자신의 힘으로 어둠의 문을 다시 여는 것이었다.

세라티가 외쳤다.

"카르나크 님! 문이!"

콰앙!

폭발과 함께 어둠의 문이 박살이 났다. 폭연 속에서 검은 그림자가 우뚝 섰다.

외침이 울렸다.

"계약자여, 원하는 바를 고하라!"

넋이 나가 있던 슈트라프가 허겁지겁 대꾸했다.

"사, 사내놈들은 죽이고 저 여자는 내게 데려와라!"

"아까와 똑같은 조건이군."

쓴웃음을 지으며 마즈눈은 카르나크 일행을 바라보았다.

조건은 같으나, 예전과 다른 점이 있었다.

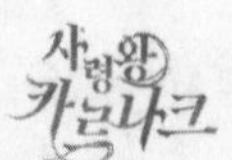

"이번엔 확실히 보이는구나, 후후후……."

악마의 눈동자 위로 긴장한 바로스와 세라티의 모습이 스쳐 지나간다.

둘 다 식은땀을 흘리는 중이었다.

심연의 악마 마즈눈은, 지금의 바로스는 물론이고 오러 유저인 세라티라도 감히 범접할 수 없는 고위급 악마다. 격이 달라도 너무 다르다.

검을 쥔 채 바로스가 떨리는 목소리로 물었다.

"도련님, 이것도 물론 계획의 일부겠죠?"

실망스러운 대답이 돌아왔다.

"어, 이건 예상 못 했는데……."

거구의 악마가 일행을 내려다보았다.

"이 몸이 이 땅에 강림했으니……."

묵빛 눈동자를 데굴거리며 오만한 음성을 내뱉는다.

"발버둥 쳐 봐야 소용없느니라, 하찮은 인간들아."

바로스와 세라티의 안색이 창백해졌다. 지독한 압박감이 그들의 어깨를 짓누르고 있었다.

"으음……."

"저런 고위 악마라니……."

카르나크도 식은땀을 흘리는 중이었다.

'왜지? 왜 소환문이 도로 닫히지 않은 거야?'

명색이 사령왕이었던 몸이다. 비록 힘을 잃어 빌빌대고는 있다지만, 머릿속에 든 지식과 지혜가 사라지진 않는다.

이유는 금방 알아냈다.

'젠장, 저게 문제였군.'

원래 악마를 소환하는 흑마술은 사령결계술 못지않게 복잡한 술식을 지니고 있었다.

그런데 슈트라프가 시전한 술법은 조금 달랐다.

'저놈, 수박 겉핥기로 익힌 놈이다 보니 제대로 술식을 전개하지 않았어!'

그냥 중요한 주요 술식만 몇몇 전개하고 모자란 부분은 죄다 사령력으로 때운 것이다.

사령술의 장점은, 제대로 펼치지 못해도 사령력만 퍼부으면 어떻게든 결과가 나온다는 것이니까.

그렇다 보니 상황이 애매해졌다.

마냥 단순한 술법은 아니니 술식상 혼선을 일으킬 정도는 된다. 그런데 이게 또 소환술이 완전히 취소될 정도로 복잡하지는 않다.

단순함과 복잡함, 그 경계 사이에 아슬아슬하게 걸쳐 있달까?

그 결과 술식이 취소되다 말고 멈춰 버렸다!

'잠깐? 그런데 내가 왜 저걸 미처 못 알아차렸지?'

분명히 슈트라프가 악마 소환술을 쓰는 걸 확인했다. 그래서 안심하고 이 계획을 세운 것인데?

'아차!'

그제야 카르나크는 자신이 무슨 실수를 범했는지 깨달았다.

'내 눈으로 확인한 적은 없구나!'

환술을 걸고 도망치면서 원견의 시야로 살펴봤을 뿐이다. 직접 악마 소환 장면을 본 게 아니다.

당장 카르나크도 슈트라프를 비웃지 않았던가?

―멀리서 원격으로 조종하며 제대로 상황을 파악할 수 있을 리가 없잖아?

기껏 남 비웃어 놓고 똑같은 실수를 본인도 저지른 것이다.

그냥 악마 소환했다는 사실만 보고, 당연히 그가 아는 악마 소환술을 썼을 거라 지레짐작해 버렸다.

'아오, 이런 기초적인 실수를 하다니…….'

아무래도 회귀 후, 너무 평화로운 분위기에 찌들었던 모양이다.

포효하며 마즈눈이 마력을 떨쳤다.

"계약을 이행하겠다!"

광풍이 불어닥쳐 카르나크 일행을 몰아붙였다.

압박감을 이겨 내며 바로스와 세라티가 움직였다.

악마의 좌우로 뛰어들며 현란한 공세를 날린다!

"헛!"

"타앗!"

소용없었다. 모든 참격이 도로 튕겨 나올 뿐이었다.

막대기로 철판을 두드리기라도 한 듯 악마의 피부에는 흠집조차 나지 않았다.

"가소롭구나, 벌레들아."

느긋하게 뇌까리며 마즈눈이 손에 쥔 검을 크게 휘둘렀다.

단순하기 짝이 없는 참격이었다. 당연히 둘 다 간단히 공세를 피했다.

하지만 참격을 따라오는 거대한 기운까지 피하긴 무리였다.

콰콰콰쾅!

암흑의 파도가 지하실 바닥을 파헤치며 둘을 덮쳤다.

휘말린 두 남녀가 가랑잎처럼 날려 갔다.

"크윽!"

"도, 도련님!"

바닥을 구르며 간신히 몸을 일으킨 바로스가 카르나크를 불렀다.

"이제 어째요?"

양손에 화염구를 움켜쥔 채 카르나크가 신경질적으로 대

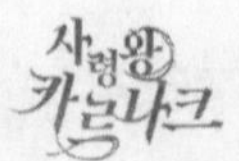

꾸했다.

"어쩌긴 뭘 어째? 싸워야지!"

2개의 화염구가 마즈눈을 노리고 날아들었다.

악마가 콧방귀를 뀌었다.

"훗, 이 정도는 막을 필요도 없다!"

콰쾅!

그저 노려보는 것만으로, 날아들던 화염구가 허공에서 터져 버렸다.

워낙 힘의 격차가 크다 보니 접근조차 불가능한 것이다.

암담해하며 바로스가 투덜거렸다.

"아니, 저걸 지금 우리가 무슨 수로 잡는다고……."

호흡을 고른다. 정신을 집중하고 또 집중하며 모든 투기를 검 끝으로 모은다.

타오르는 불의 검을 휘두르며 세라티는 악마에게 덤벼들었다.

"타아앗!"

붉은 투기가 연신 춤췄다. 그녀의 신형이 어지러이 공간을 뛰놀았다.

석벽이며 돌바닥이 파헤쳐지며 가루가 되어 비산했다.

콰콰콰쾅!

인간의 한계를 초월한 움직임이요, 파괴력이었다.

"죽어! 이 악마!"

마즈눈은 그 모든 공세를 우습게 받아 냈다.

"느리고 약하구나."

세라티의 움직임은 분명 빨랐지만, 악마는 더 빨랐다.

세라티의 투기검은 분명 강했지만, 악마는 더 강했다.

애초에 적색급 오러 유저의 장점은 인체의 한계를 초월하는 빠르고 강력한 공세를 펼칠 수 있다는 것이다.

더 빠르고 더 강한 적을 만나게 되면 오히려 압도적으로 불리해진다. 뭘 해 볼 수조차 없게 되니까.

"제, 제길!"

그럼에도 세라티는 용케 버티고 있었다.

그녀가 잘나서는 아니었다.

"이 여인은 사로잡는 것이 계약이었지?"

그래서 대충 걷어차거나 밀어내기만 하며 적당히 상대하는 중.

반면 바로스에겐 가차 없었다.

"이 사내놈은 굳이 그럴 필요가 없고."

온갖 화염구와 마력의 칼날, 짓누르는 압박의 포효와 수십 줄기의 마력탄이 그에게 쏟아지고 있었다.

"우, 우엑! 우와앗!"

그 압도적인 융단폭격 앞에서 바로스는 미친 듯이 도망 다닐 수밖에 없었다.

뛰고, 구르고, 때론 기어가면서까지 어떻게든 살아 보려고 발버둥을 친다.

"으아아아!"

대단한 점은, 그 와중에 용케 한 대도 맞지 않는다는 것이었다.

이쪽이 공격을 하기도 전에 그에 맞는 회피 자세를 취하고, 보이지도 않는 공격을 미리 피하고, 떨어지는 폭격 자리는 먼저 뛰어 벗어나 버린다.

마즈눈으로서도 꽤나 당혹스러운 상황이었다.

'이 녀석은 무슨 예지 능력 같은 거라도 있나?'

그럼에도 여전히 위협은 되지 않았다.

간혹 섬뜩한 반격이 돌아오긴 한다. 신기하게 마즈눈의 허점을 파고들어 날카로운 일격을 먹이는 경우도 있다.

"타아앗!"

그런데 피부에 흠집 하나 못 낸다.

워낙 악마의 방어력이 높다 보니 투기검이 아니고서는 전혀 통하지 않는 것이다.

이를 갈며 바로스가 투덜거렸다.

"아, 진짜 내가 마즈눈 따위한테 고전하는 날이 올 줄이야……."

앞에선 세라티와 바로스가 날뛰고 뒤에서는 카르나크가 열심히 마법 날리며, 이들은 치열하게 악마와 싸워 갔다.

물론 이 상황이 오래가지 못한다는 것은 모두가 알고 있었다.

마즈눈은 결코 서두르지 않았다.

"인간들은 쥐 새끼 같아서 툭하면 도망가곤 하더군."

그저 압도적인 힘으로 모든 공세를 버텨 내며 천천히 카르나크 일행을 밀어붙일 뿐.

"그렇게 놔둘 수는 없지 않겠나?"

점점 세라티의 호흡이 가빠 온다.

점점 바로스의 움직임이 느려진다.

점점 카르나크의 마력이 고갈된다.

차라리 저 악마가 호쾌하게 날뛰어 주기라도 하면 그 틈을 노려서 현혹술이라도 걸어 보겠는데 도통 틈을 보이질 않는다.

그렇다고 억지로 빈틈을 만들 만큼 큰 마법을 쓰자니 그럴 마력이 없다.

'쟤들이 뭐라도 좀 해 주면 좋겠는데…….'

카르나크는 아쉬워하며 바로스와 세라티를 바라보았다.

둘 다 용맹하게 싸우고 있지만 상황이 너무 안 좋았다.

세라티의 검은 궤도가 너무 단순해 아무리 휘둘러도 악마를 맞히질 못하고…….

'크윽, 너무 빨라!'

바로스의 검은 위력이 너무 약해 아무리 악마를 맞혀도 타격을 줄 수가 없다.

'아이고, 되게 단단하네!'

답답해진 카르나크가 혀를 찰 때였다.

"차라리 둘을 합쳐 놓으면 참 속 편하겠…… 어?"

생각해 보니 그는 사령술사였다.

이게 아주 말이 안 되는 이야기는 아니다!

급하게 카르나크가 바로스를 불렀다.

"바로스!"

"네?"

"플랜 P다!"

"아!"

이해한 듯 바로스가 카르나크에게로 뛰었다.

"맞다! 그 방법이 있었지?"

그리고 곧바로 허리를 숙였다.

카르나크가 그의 정수리에 손을 가져갔다.

"나의 권속이여……."

어둠이 피어올라 바로스의 머리를 휘감았다. 세라티는 당황했다.

'바로스 경은 권속이 아니라고 하지 않았나?'

방금 카르나크가 지칭한 것은 바로스가 아니었다.

“정신을 열고 받아들여라! 이는 그대의 주인의 명이다!”

바로스의 눈동자에서 초점이 사라졌다.

마치 인형처럼 움직임이 단순해지더니, 카르나크 옆에 서서 기계적으로 검을 든 자세를 취한다.

동시에 세라티의 움직임도 변했다.

“헙!”

기합을 터트리며 바닥을 박차고 날아오른다. 붉은 투기검이 날카롭게 움직이며 악마의 공세 사이로 파고든다.

이제까지와는 전혀 다른 검술이었다.

분명 악마보다 느린데도, 오히려 공간을 선점하며 절묘하게 틈을 파고든다!

“……헉!”

경악한 마즈눈이 뒤로 물러섰다. 어느새 가슴팍에서 시뻘건 마혈이 솟구치고 있었다.

‘이 움직임은…….’

재차 자세를 고쳐 잡으며 세라티가 빙그레 웃었다.

곱디고운 미녀의 입술 사이로 걸쭉한 말투가 흘러나왔다.

“이거, 남의 몸 움직이는 것도 오랜만인뎁쇼?”

플랜 P.

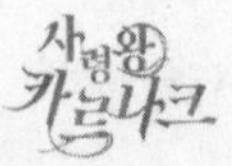

이것이 의미하는 바는 단순하다. 그냥 빙의[possession]의 앞 글자를 따온 것뿐이니까.

카르나크가 바로스의 영혼을 그녀의 몸에 덮어씌운 것이다.

자신의 몸속에 갇힌 채 세라티는 패닉에 빠졌다.

'이, 이럴 수가…….'

원래 빙의는 이렇게 간단히 일어나는 일이 아니다.

인간의 영혼은 실로 두터운 영적 방어로 감싸여 있으니, 이를 뚫기 위해선 실로 고도의 사령술이 필요하다.

하지만 세라티는 상황이 달랐다.

그녀는 카르나크의 권속이 되었다. 이미 영혼 자체를 그에게 훤히 내비친 상태였다.

카르나크가 마음만 먹으면 언제든지 그녀의 몸을 빼앗을 수 있는 것이다.

물론 바로스는 권속이 아니니 저항하려면 할 수 있었겠지만, 그럴 이유가 없고.

'사령술사의 권속이 된다는 게…… 이런 의미였어?'

공포가 밀려왔다. 자신이 돌이킬 수 없는 선택을 한 것이 아닌가 싶었다.

세라티의 몸을 차지한 바로스가 멋쩍어하며 말했다.

"미안합니다, 세라티 양. 목숨이 걸린 일이라……."

어수룩한 그 말투에 그녀는 애써 공포를 가라앉혔다.

어차피 선택의 여지는 없었다. 사령술이라는 더러운 수법에 손을 댔을 때 이쯤은 각오했어야 했다.

'그래, 목숨이 걸렸으니 어쩔 수 없지…….'

그래도 여전히 이해가 가지 않았다.

바로스가 자신보다 검술이 뛰어나고 경험도 많다는 건 세라티도 인정한다. 그런데 그래서?

'바로스 씨가 내 몸을 차지한다고 뭐가 바뀐다는 거야?'

마즈눈 역시 같은 의문을 품고 있었다.

"뭘 하고 싶은 거냐, 네놈들은?"

악마답게 상황은 바로 알아차렸다. 하지만 이유를 모르겠다.

"오러 유저도 아닌 놈이 오러 유저에게 빙의해서 뭘 어쩌겠다고?"

세라티가 인간을 초월한 능력을 보이는 건 어디까지나 오러의 힘 덕분이다.

순수한 육체 능력은 바로스가 월등히 높다. 덩치도 훨씬 크고 여성과 남성의 차이도 있으니까.

즉, 오러를 구사하지 못하면 세라티의 몸은 차지해 봤자인데…….

"자신의 투기조차 익히지 못한 놈이 타인의 투기를 어떻게 쓰겠다고?"

이어진 광경이 악마의 말문을 막히게 만들었다.

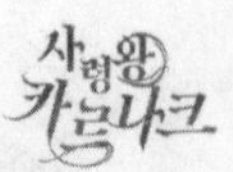

"누가 못 쓴대냐?"

부우우웅!

검에서 붉은 투기가 찬란하게 솟구친다. 누가 봐도 확연한 적색급 오러 유저의 투기검이다.

악마의 지혜를 지닌 마즈눈조차 처음 보는 괴사였다.

"어, 어떻게?"

투기를 익히지 못했다는 건 투기를 다뤄 본 경험이 없다는 의미다.

그런데 자기 것도 아닌 남의 투기를 곧바로 다룬다고? 그것도 저렇게 자연스럽게?

투기검을 겨누며, 세라티의 몸에 들어간 바로스가 어깨를 으쓱였다.

"내가 말이야, 다른 사람 투기 쓰는 건 전공이거든!"

데스 나이트 시절 썼던 암흑투기부터가 카르나크가 내려준 것이지 본인의 힘은 아니었다. 그 전에도 툭하면 남의 몸에 빙의되거나 남의 오러 흡수해서 쓰곤 했다.

'솔직히 말하면 오히려 나만의 투기는 쓸 줄 모르지.'

정작 바로스 본인이 직접 투기를 각성한 적은 없으니까.

하여튼 이걸로 확실하게 반격할 방법이 생겼다.

카르나크가 유쾌하게 외쳤다.

"좋아, 바로스……가 아니라."

생각해 보니 지금은 세라티+바로스였다.

무릇 호칭은 정확히 불러 줘야 하는 법이다.

"가라! 세라 바로스!"

"거 사람 이름 괴상하게 합치지 좀 마요!"

투덜대며 세라 바로스(?)가 몸을 날렸다.

날카로운 기합과 함께 투기검이 작렬했다.

"타아아앗!"

적발의 미녀가 지하 공간을 어지러이 오간다.

붉은 투기검이 시야 가득 화려하게 춤춘다.

"허업!"

마즈눈도 본격적으로 맞섰다.

초고속으로 검을 휘두르고, 마력의 폭풍을 터트리고, 포효로 적을 압박하며 매서운 공세를 가한다.

"크아아아!"

피가 튀었다.

인간의 피가 아닌, 악마의 마혈이.

마즈눈이 눈을 부라렸다.

"이, 이놈이?"

빙의하기 전의 바로스가 덤빌 때도 간혹 방어를 뚫고 날아들던 참격이었다. 맞아도 별문제가 없었을 뿐이지, 사실 베이긴 몇 번이나 베였다.

그런데 이제는 베이면 확실히 부상을 입는다.

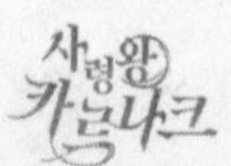

"그래 봤자다!"

예상 밖으로 놈이 강해지긴 했지만 여전히 적색급일 뿐이었다.

반면 오러 유저는 아니라지만 마즈눈은 자색급, 퍼플 나이트에 필적하는 악마.

단순 비교만으로도 2단계나 차이가 난다.

"벌레처럼 짓눌러 주마!"

흥분한 악마가 난폭하게 날뛰기 시작했다.

지옥마력이 불과 폭발로 현현하여 지하실 전체를 뒤덮어갔다.

콰콰콰쾅!

여전히 적발의 미녀는 한 대도 맞지 않았다. 아니, 스치지도 않았다.

"오랜만에 투기 쓰니까 재미는 있네."

너무도 쉽게 피하고, 파고들어 베고, 뒤로 빠진다.

더 이상 레드 나이트의 움직임조차 아니었다. 적색급 오러 유저는 저렇게까지 유연하게 흐름을 타고 움직이지 못한다.

어느새 세라티의 검은 푸르게 빛나고 있었다.

"……푸른 투기검?"

마즈눈은 경악했다.

틀림없었다. 청색급의 오러, 블루 나이트의 경지였다.

'남의 몸을 자신의 것처럼 다루는 것도 모자라, 오히려 원

주인보다도 월등히 잘 쓴다고?'

검에 깃든 청광을 바라보며 세라티 속의 바로스가 중얼거렸다.

"여기까진 되나? 애가 경험이 없어서 그렇지 잠재력은 제법 있구만."

그녀의 입술을 통해 차가운 비웃음이 전해진다.

"덕분에 좀 더 편하게 싸울 수 있겠어."

분노한 마즈눈의 이마에 핏대가 섰다.

"비천한 인간 주제에 감히!"

세라티는 멍하니 자신을 관조하고 있었다.

'세상에…….'

악마가 연신 손톱을 휘둘러 댄다. 채 보이지도 않는 초고속의 공세다.

하나 그녀의 육체는 그 모든 공세를 깔끔하게 피해 내고 있었다.

회피와 동시에 칼날이 미끄러지듯 악마의 팔을 타고 흐른다. 참격이 작렬하고 또 피가 튄다.

이 일련의 동작이 한 치의 빈틈도 없이 유려하게 이어진다.

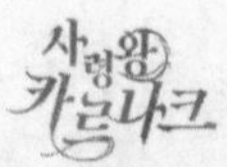

'내 몸이 이렇게 움직일 수도 있었구나…….'

피투성이가 된 악마가 포효하며 연신 지옥불을 쏘아 댄다. 아예 피할 장소 자체가 없는 광범위한 공격이다.

"크아아아!"

그러니 피하지 않는다.

대신 투기검으로 원을 그리며 불꽃을 걷어 낸다.

푸른 오러가 넘실거리며 불꽃을 휘감고, 흘리고, 엉뚱한 데로 비껴 낸다.

'내 오러가 이렇게 흐를 수도 있었구나…….'

몸을 빼앗겼다는 공포 따윈 더 이상 남아 있지 않았다. 그저 경외만 느껴질 뿐이었다.

여전히 마즈눈이 더 빠르고 더 강하다. 블루 나이트의 경지에 오르긴 했어도 아직 신체 능력은 저쪽이 좀 더 위다.

하지만 압도적인 기교로 모든 것을 덮어 버리는 것이다.

정말 놀랍고, 동시에 이해가 가지 않았다.

'어떻게 저럴 수 있는 거지?'

바로스가 그녀보다 월등한 검의 달인이라서?

그것만으로는 설명이 되지 않는 부분이 있다.

여성과 남성은 골격 구조가 다르다. 사소하다면 사소한 차이지만, 이 구조적 문제로 인해 몸을 쓰는 방식도 조금씩 달라진다.

저토록 세밀하고 정교한 검술을 쓴다면 그 차이는 굉장히 크게 다가올 터.

그런데 바로스는 그 차이점조차도 감안해 움직이고 있었다. 그것도 수십, 수백 번 해 본 것처럼 능숙하게.

이는 단순히 검의 달인이라 해서 가능한 일이 아니다.

이걸 뭐라고 해야 할까?

'……빙의의 달인?'

다른 사람, 그것도 남녀노소 가리지 않고 마구 빙의해 본 것 같은 움직임이었다.

그렇지 않고서야 저렇게까지 자연스레 움직일 수 있을 리가 없었다.

'저들은 대체 뭐야?'

이쯤 되니 뭐 하는 사람들인지 따위는 중요한 사항이 아니게 되어 버렸다.

보다 더 본질적인 의문이 세라티를 감쌌다.

'……애초에 사람이기는 한 걸까?'

악마의 팔이 허공으로 날아갔다.

"크억!"

왼팔을 잃은 마즈눈이 뒷걸음질을 쳤다. 몰리고 몰린 끝에 결국 치명적인 일격을 허용한 것이다.

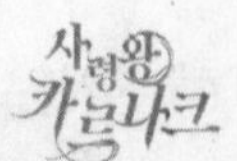

바로스는 굳이 놈을 쫓아 끝장을 내지 않았다.

"뭐야? 고작 이 정도야?"

오히려 푸른 투기검을 거두며 싸늘하게 웃는다.

"아, 간만에 투기 써서 기분 좋았는데 이제 끝인가."

참으로 시건방진 태도였다.

기가 찬 마즈눈이 이를 갈았다. 하지만 도저히 다시 덤빌 엄두는 나지 않았다.

이쪽은 이미 피투성이인데 저쪽은 여전히 여유가 넘친다.

"괴, 괴물 같은 놈……."

실은 바로스도 그렇게 여유 있는 형편은 아니었다.

'하이고, 억지로 경지를 올리니 역시 부작용이 많네.'

겉으로는 오만 방자 그 자체, 악마를 벌레처럼 바라보며 낄낄대고 있지만 속으로는 열심히 오러 수습하고 체내 기운을 안정시키며 식은땀을 흘리는 중이다.

'물론 티는 내지 않습니다, 히히.'

허세 떠는 건 바로스도 카르나크 못지않게 경험이 많은지라 표정만 보면 진짜 실망한 기색이 역력했다.

완전히 속아 넘어간 마즈눈이 희미하게 떨었다.

이대로 속절없이 지옥으로 추방되어야 하나?

'아직 기회는 있다.'

저놈이 저렇게 강해진 건 어디까지나 세라티의 몸에 빙의한 상태이기 때문이다.

즉, 사령술을 시전한 당사자를 노리면 빙의 상태도 풀린다!

갑자기 마즈눈이 맹렬히 적발의 미녀에게 돌진하기 시작했다.

"크아아아!"

바로스는 여유롭게 받아쳤다. 이미 허세 떨면서 호흡을 많이 고른 후였다.

"안 통한다니까?"

악마의 옆구리가 깊숙이 베이며 피가 분수처럼 쏟아져 나올 때였다.

"이노오옴!"

마즈눈이 머리를 획 돌리더니 입을 열고 불꽃을 뿜어냈다.

목표는 지하실 저편, 느긋하게 전투를 지켜보고 있는 카르나크.

콰아아앙!

채 피하지 못한 카르나크가 폭염을 정통으로 맞았다.

마즈눈은 통쾌한 듯 웃음을 터트렸다.

"크하하하! 방심했구나, 인간!"

광소는 오래가지 못했다.

'……어?'

뭔가 상황이 이상했다. 바로스는 여전히 세라티의 몸을 차지한 채 악마를 노려보고 있었다.

'왜 사령술사가 당했는데도 빙의 상태가 유지되고 있지?'

등 뒤에서 목소리가 들렸다.

"뭐 하냐, 너?"

그뿐만이 아니다.

"거참……."

지하실 곳곳에서 카르나크의 목소리가 메아리처럼 울린다.

"부른 놈이나 불려 온 놈이나……."

여기저기서 카르나크가 모습을 드러낸다.

"잘 속긴 마찬가지구만."

5명의 카르나크가 사방에서 마즈눈을 바라보고 있었다.

악마의 표정이 흉하게 구겨졌다.

"화, 환각이었다고?"

카르나크'들'이 떠들어 댄다.

"아까야 워낙 틈이 없어서 무리였지만……."

"지금은 정신없으시잖아?"

"덕분에 빈틈을 많이 보이더라고."

"그럼 현혹술 걸기도 편하지."

사방에 흩어진 카르나크의 환상을 보며 마즈눈은 패닉에

빠졌다.

설마 자신이 그를 노릴 것까지 예측했을 줄이야?

카르나크가 콧방귀를 뀌었다.

"설마 네놈의 속내 따윌 몰랐을 것 같으냐?"

그 자신만만한 표정을 유심히 보던 바로스가 문득 마법 전언을 날렸다.

[도련님.]

[응?]

[몰랐죠?]

[응.]

솔직히 말하면 놈이 이렇게 느닷없이 기습할 줄은 미처 예상 못 했다.

그런데 왜 현혹술을 펼쳤냐고?

그냥 습관이었다.

워낙 적도 많았고 지은 죄도 많다 보니, 필요하건 필요하지 않건 일단 속임수는 걸고 본다.

[이래서 옛 성현의 말씀이 틀린 게 없다니까? 좋은 습관이 인생을 바꾼다잖아.]

[……그게 그런 뜻은 아니었던 것 같지만 말이죠.]

어쨌든 이걸로 완전히 끝났다.

마즈눈이 그나마 남은 힘을 허무하게 허공에 날려 버렸으니까 말이지.

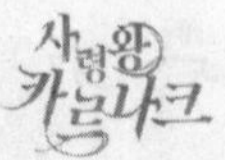

"하, 내가 고작 인간 따위에게 이런 꼴을……."

허탈해하며 악마의 모습이 서서히 흐려지기 시작했다. 모든 힘을 소진해 지옥으로 추방되는 것이었다.

"두고 보자, 다시 돌아오면 네놈들부터 찾을 것이다!"

소환이 해제되며 마즈눈이 저주를 퍼부었다.

"그땐 죽지도 살지도 못하게 만들어 주마! 상상할 수 있는 모든 고통을 안겨 주겠다! 이는 지옥의 약속이다!"

"오, 그거 무섭네."

비웃으며 카르나크는 오른손을 들었다.

"널 돌려보내면 나중에 내가 큰일 날 거란 소리지?"

어둠이 피어올라 흐려지는 마즈눈의 전신을 휘감아 간다.

"미리 경고까지 해 주는데 무시할 수야 없지."

악마의 눈동자에 경악의 빛이 떠올랐다.

"헉!"

지옥으로의 추방이 막혀 버렸다. 동시에 악마 자신의 마력이 역으로 스스로를 붕괴시키기 시작했다.

'뭐야? 이런 수법이 존재한다고?'

"예전 같으면 종속 걸고 노예로 부려 먹겠는데, 지금은 그럴 사령력이 없거든. 악마 지배도 꽤 품이 많이 드는 작업이라서."

쿠웅!

어둠이 악마를 짓누른다. 지옥의 존재력이 무시무시한 속도로 흩어지며 소멸해 간다.

"그러니까 그냥 깔끔하게 소멸시킬게."

다급해진 마즈눈이 손을 휘저었다.

"잠, 잠깐!"

어찌나 다급했는지 말투도 어느새 바뀐 상태.

"종속의 계약을 맺겠소! 그대의 노예가 되겠다는 말이오!"

"필요 없어."

아쉽게도 카르나크는 전혀 관심이 없는 듯했다.

"예전처럼 사는 거잖아, 그건."

처절한 절규가 지하실을 가득 메웠다.

"으아아아아악!"

마즈눈의 모습이 완전히 현세에서 사라졌다. 그러자 카르나크도 빙의를 도로 풀었다.

자기 몸으로 돌아온 바로스가 머리를 긁적였다.

"몸 잘 썼어요, 세라티 양."

하지만 그녀는 멋대로 육체를 빼앗은 것에 대한 분노를 토할 수 없었다.

"아악! 모, 몸이……."

바로스가 세라티의 육체를 너무 혹사시킨 나머지 전신이

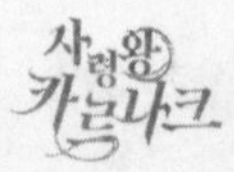

너덜너덜했던 것이다.

“역시 좀 과하게 쓰긴 했나? 오러 돌려요, 오러. 그럼 좀 덜 아플 테니까.”

“그거 할 줄 몰라요!”

“저런, 나중에 가르쳐 줘야 하려나.”

“으그극…….”

추악한 사령술사의 권속이 된 주제에 이제 와서 후회해 봐야 무슨 소용이 있으리.

이를 갈며 세라티는 애써 고통을 참아 냈다.

그렇게 지하실에 남은 이들은 카르나크 일행과 멍하니 서 있는 슈트라프뿐.

“자, 그럼 저 작자도 처리해야겠군.”

슈트라프는 소태 씹은 얼굴이었다.

그토록 방대하던 사령력은 한 푼도 남지 않았다. 이제 자신을 지킬 그 어떤 힘도 없다.

“후…….”

한숨을 쉬며 그가 두 손을 들었다.

“항복하겠다.”

“웃기는 인간일세.”

어이없다는 듯 카르나크가 뇌까렸다.

“항복하면 당연히 받아 줄 거라는 그 태도는 뭐야?”

“네놈들이 날 죽일 리 없지.”

슈트라프가 비열한 미소를 띠었다.

"내가 아는 정보를 빼내고 싶을 텐데?"

"물론 정보는 필요해. 그런데 그게 왜 네놈을 죽여서는 안 될 이유라는 거지?"

"음?"

"죽인 다음 정보 빼내는 게 더 쉬운데."

"……어?"

슈트라프의 안색이 창백해졌다.

그러고 보니 미처 생각하지 못한 부분이 있었다.

카르나크는 일반적인 마법사가 아니다.

사악한 사령술사다.

"일단 죽이고, 영혼을 강령시켜 고문하면 쉽게 필요한 거 알 수 있는데 왜 살려 둬?"

사령술 앞에선 죽음조차 도피의 수단이 될 수 없는 것이다.

공포에 질린 슈트라프를 앞에 두고 카르나크가 문득 뒤를 돌아보았다.

"그래도 확인은 하자."

예전처럼 살지 않기 위해, 굳이 세라티에게 묻는다.

"얘 혹시 죽이면 안 되냐? 보편타당한 일반인의 감성에서 말이야."

대답은 충분히 보편타당한 것이었다.

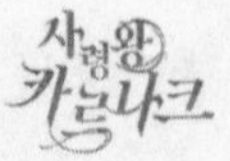

"당장 죽여요!"

"그렇다는군."

카르나크가 걸음을 옮겼다. 어둠이 피어올라 거대한 칼날이 되었다.

다가오는 죽음을 직시한 슈트라프가 다급히 외쳤다.

"자, 잠깐! 잠까……."

채 말을 잇기도 전에 그의 목이 뎅겅 잘려 허공으로 날아올랐다.

"죽이면 그만인데, 내가 왜 계속 말을 섞겠냐?"

한 교단의 고위 성직자이자 도시 하나를 공포로 지배한 사령술사의 마지막이라기엔 너무도 허무한 죽음이었다.

피를 쏟는 시체를 향해 카르나크가 손가락을 까닥였다.

"자, 그럼 내 볼일을 봐야지."

이내 검은 연기가 피어올라 구슬의 형태가 되어 그에게 흡수되기 시작했다. 이제껏 슈트라프가 모은 종말의 어둠이었다.

"오! 푸짐하다."

"어느 정도예요, 도련님?"

"어둠의 군주 30인분은 되겠어."

"집에 갈 수 있겠네요?"

"그러게. 다 끝났으니 돌아갈까?"

멍하니 듣고 있던 세라티가 조심스레 손을 들었다.

도무지 대화의 맥락을 이해할 순 없었지만 이건 짚고 넘어가야 했다.

"저기요, 알리우스 씨랑 릴테인 씨 안 구해요?"

카르나크와 바로스가 눈을 껌뻑거렸다.

"맞다……."

"원래는 그 친구들 구하러 온 거였죠, 우리?"

"완전히 잊고 있었네."

"그러게요. 안 하던 짓을 하려니 어색하네."

그런 둘을 바라보며 한 번 더 치를 떠는 세라티였다.

'뭐 이런 인간들이 다 있어?'

다음 권으로 이어집니다

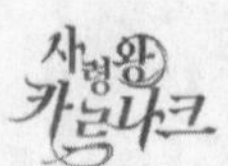